短褲女孩的青春週記

邱靖巧——著
李月玲——圖

名家推薦

游珮芸（台東大學兒文所所長）：

故事開始在「我」進入國中女校就讀的第一天。讀者隨著十三歲少女的自述，陪著她忐忑地走進新環境。

青春是荷爾蒙的展演場。小說中「我」介入了籃球社學姊間的同性傳聞，與國小男同學間的哥們情誼也開始質變，又被同班同學誤會、忌妒與排擠。另一方面，因就讀大學而寄住在家中、與自己同房的小阿姨未婚懷孕了……。

這些事件，有如一陣陣小風暴接連來襲，但在作者精心安排下，鋪排得錯落有致。十三歲等身大的煩惱與喜樂，貼近同齡讀者關心的青春情感多重奏。易讀精彩，是「轉大人」前的必修課。

黃筱茵（童書翻譯評論工作者）：

作者用生動自然的語言記敘青春歲月的酸甜煩憂，未能融入同儕的苦惱、日常校園生活中的人際聚合與情感政治，以及對於性別表現、初初發芽的好感等女孩的矛盾與心事，也都被織進清新的故事裡。小阿姨與大姑姑的角色道出當代擇偶與婚姻狀況的不同面向，增加了故事的立體向度。這則故事的題材雖然算不上新穎，卻是成長歷程中幾乎每個女孩都曾經感受過的心靈跌宕。看似小巧的心湖裡起伏的波浪啊，就是成長的風雨掃過的痕跡，無比珍貴，真切美麗。

鄭淑華（國語日報總編輯）：

少女何宇璇剛進國中就讀，眼前展開的新環境、新人際關係都等待著適應，而情竇初開的煩惱也悄悄萌芽，與小學同學間似有若無的三角戀情、與學姊間的曖昧情愫，真有說不出的迷惘與困惑，但旁觀小阿姨的未婚懷孕、不斷被迫相親的大姑姑……原來，青春男女有青春男女的煩惱，成年人也有成年人的難題，每個人都得自己面對自己的情感習題，從中找到自己的解答。

情字難解，卻是人生必修課，也是少年成長小說經常探討的課題。作品處理少年男女情事與成人的情感問題，分寸得宜，是清新溫暖的青春純情小說。

短褲女孩的青春週記

第一週

我刻意放慢步伐，藉機觀察學姊邁入校門的身影。不知道是這身校服的關係，還是這所歷史悠久的老學校培養出來的形象，眼前的一切就像幅畫，樸實中帶點威嚴的校門，黑鞋間從容無聲的腳步，如鳥語飄渺的輕聲招呼。

我拍拍白色制服上新繡的學號，這好像是我何宇璇的新身分喔，想著，忍不住苦笑，輕拍微翹的裙襬，瞄一眼小腿下的白襪是否等高。深吸一口氣，挺胸走進校門。跨

過校門，穿越門口導護老師跟糾察隊，層層關卡拋到腦後，我才鬆了一口氣。

這所國中有將近百年的歲數，而且是女校，也將是占據我未來三年大部分時間的生活圈。原本以為會去讀離家近的學校，其實也差不多，因為我家剛好位於兩校中間，Google後發現離家近的學校還真的比女校近五百公尺。但是，就在某天晚餐時，老爸語重心長地說，「上大學才可以交男朋友談戀愛。」而那陣子，老媽忙著幫即將要上小一的弟弟找課後安親班，也沒多說什麼，好像就只回了一句，「讀女校好了，比較單純。」

事後想想，老爸老媽的對白是套好的嗎？故意讓我聽到即將執行的政策嗎？其實他們也不用大費周章，整個國小六年級，我一直穩坐全班個子最高的寶座，找我談情說愛的男同學沒半個，拉攏我稱兄道弟的男同學可能比一節電聯車還要多，所以擔心什麼？擔心我現在交男朋友談戀愛嗎？兩位老人家真的是想太多了。

我只是不明白，此時此刻的壓力從何而來，怎麼會如此緊張？從穿上制服那一刻？還是就只是開學第一天營造出來的氛圍？我兩手互相搓著，手心微微的溼氣始終無法散去。

一年級的教室在離校門最遠的那一棟大樓，需要經過二三年級的教室大樓，我得加快腳步，去熟悉教室跟座位，說不定可以消除這莫名的緊張感。就當我要走過三年級教室大樓的走廊時，一件黑裙子突然飄揚在我面前，嚇得我倒退一步。

「啊⋯⋯是新生，對不起。」一個頭髮超短，皮膚黝黑的學姊，不仔細看還以為是一個男生。她抓住那條裙子，看著我，整個人定格住。

三年三班

旁邊教室裡，嬉笑聲瞬間爆出。

「張雅倫妳也太急著脫裙子了吧！」

「不會進教室再脫嗎？」

「不要嚇到學妹啦！」

我順著學姊抓住裙子的手，慢慢往下看，原來裙子裡早穿著運動短褲。我懂，因為我也是，裙子裡如果只有內褲，涼涼的感覺太可怕了，搭上貼身熱褲又讓我覺得太矯情，又不是要跳韻律舞，還是運動短褲最自然。新生訓練時，聽說學校有個不成文的校規，進出校門要穿好裙子，不得只穿運動褲。按照眼前的這情況，看起來真的是這麼一回事。

「呃……學妹，歡迎加入籃球隊。」學姊尷尬地笑著，兩手將裙子藏在腰後，三兩步逃似走進教室。

一聽到籃球，讓我心情變好，或許這就是讀女校的好處，人數應該夠打一場五人制籃球賽，不像國小上體育課，連三對三的人數，兩隊總共六個人，都要湊半天。女同學們總是躲在樹蔭下，手搧風聊八卦，又或者滿眼愛心地幫男同學加油，而我只能自己投籃，期待男同學們有沒有缺人要遞補。

我走進教室，在自己的位子坐下，看著左前座的熟悉背影，突然有點落寞。那是陳梓玲，國小同學，沒什麼特別交集，因為她嬌小，總是坐在前兩排，跟我這後排的地縛靈，先天上就像隔了楚河漢界，再加上後天，她走她的前門，我總從我的後門出入，連要擦身而過的機會都很渺茫。雖然國小同班，卻感覺像不同世界的人。

另外，就是陳梓玲也喜歡籃球，不過是看男生打籃球，她常揪著一群女同學占據在球場旁，不時發出加油聲，甚至尖叫，如果有天她拿出加油布條或彩球，我也不意外。快畢業時，還有一個傳言，她不喜歡我。為什麼呢？我試著想，我擋到她看男同學打球嗎？還是為了撥回將出界的球，有踩到籃球場邊的她？到現在還不清楚，原本想說算了，畢業後不太有機會見面。結果，老天爺再度讓我們同班，到底是種緣分？還是考驗呢？

我搖搖頭，不想那麼多了，嶄新的班級這麼多座位，不久將坐滿，一定可以認識到新同學，結交到好朋友。我期盼著，就像在球場上，只要進攻，就有得分的機會。

第二週

我家巷子口是里民活動中心，後方有個籃球場，一旁是簡單健身器材。籃球框下的鐵架油漆斑駁脫落，鐵鏽到處攀沿，相較之下，健身器材就新穎許多，畢竟年初才重新上了橘黃色的亮漆。真搞不懂，既然要上漆，為何獨獨排擠籃球框的鐵架？

我一邊投籃，一邊幫鐵架抱不平。唉！也許是使用頻率的問題，健身器材常常有老人家上去扭腰拉筋，而這籃球框，除了我和……

「喂！」

林承恩。我不用轉身就知道是他，這裡的籃球場，就只有我和他會來打籃球。

「新學校怎樣？」林承恩趁我不注意時，抄走我的球，上籃。

「喂！」我正想抗議，林承恩已經將落下的球接在手中，一臉微笑地站在我面前，「你……」

「我什麼我？」

「你又長高了。」我居然要仰角十幾度看他的臉，雖然這是意料中的事，但也太快了吧！記得放暑假前，他還比我矮一點點。

「當然，應該有比妳高了。」林承恩將右手放在我頭頂，然後橫移到他的下巴。

「喂！這不準。」我之前的動作完全被他抄襲了，但是我一直很公正地比劃我們的身高。

「喂喂！哪裡不準？將來有一天。」

林承恩這個莫名其妙的傢伙，是我家隔壁隔壁的鄰居，國小換了兩次班還都同班的同學。國小三年級開始跟我打籃球，我憑著身高優勢，一直贏他。五年級的時候，他說他這輩子要贏我一百場鬥牛。是贏喔！不是瞎鬧著打一百場。那時我想這傢伙是輸到瘋了嗎？

不過五年級時，我發現男同學有自己的球友，都是男生，如果我不跟林承恩打球，我就很難加入他們。我若無法加入他們，也沒其他女同學陪我打球。而且打鬥牛時，我常常就跟林承恩同一隊，如果我多跟他打球，我們的默契跟技術都會提升，那我們這一隊獲勝的機會也會比較高。

經過多方面的考量，我接受了林承恩的百勝挑戰，不過我有個條件，請他自己算幾勝了，我可沒興趣統計自己幾勝幾敗。

「喂，我下星期要去加入籃球隊。」我繼續投籃，「終於可以打全場比賽。」

「是喔。」林承恩收起他的笑臉，隨口附和一聲。

「你怎麼不開心？六年級的時候，籃球班際比賽只有男生的，好不容易我爭取到名額，也只是你們男生的候補，超生氣的，你們都亂打，還不給我上場。」

「哈，妳那時好激動喔。」林承恩搶了一個籃板球，繼續投籃，「我好怕妳去掐體育股長，要他讓妳上場。」

「反正，說不定，這就是讀女校的好處。」我喃喃地說著。

「其他方面呢？」林承恩問。

「不知道，還在適應吧！」我嘴上雖是這麼說，但心裡卻覺得光認識同學就有難度，她們聊彩妝，我完全無法插嘴，她們說要怎麼搭配衣裙，我除了制服裙子，衣櫃就只有褲子。我明明是進到女校，卻好像到了風俗民情完全不同的國度。

「要不要來打一場？」林承恩打斷我的思緒。

「好呀！趁著我們一樣高的時候。」我搶回球，準備進攻。

「什麼一樣高？我已經比妳高了，還有先秀球，看誰先攻，不要偷跑。」

最後一球，我在中距離跳投，得分。今天的手感還不錯，但是我發現帶球進禁區的難度變高了，林承恩的身高阻礙了我帶球上籃。真是的，以前這可不是能威脅我的因素。

「喂！贏了，還皺眉頭是怎樣？」林承恩在我面前翻白眼，讓我差點被自己口水嗆到。

林承恩沒表情不說話時很酷，一旦說話就會破功，就像一個綜藝咖出現在偶像劇，極誇張的臉部表情跟肢體動作，雖然很不搭嘎，讓人很想笑。

「喂！翻什麼白眼？」我推了一下他的肩，「我要回家了，你還要練球的話，球借你。」

「不用了，一起走吧！」

我將球收進球袋，揹著球袋，跟林承恩一起走回家。我家會先到，他家在我家隔壁的隔壁，有時候如果我老媽在，他會再探頭問候一下。不過最近我總覺得家裡氣氛怪，就推著林承恩要他先回去。

我一腳才踩進家門就聽到老媽的聲音。

「又去打球了？」老媽問，也不等我回答，又接著說，「怎麼不帶妳弟去？」

「下次吧！」我很想直接說不要，但是說不出口，說了幾遍下次，老媽怎麼還是不懂。她總要我帶弟弟出門玩，但是我跟弟弟差了快六歲，打球的話，籃球那麼大一顆，萬一不小心砸到他頭上，老媽肯定扒了我的皮。難不成是要我帶弟弟去溜滑梯跟盪鞦韆，我沒辦法想像自己要再度回到兒童遊戲區。

「下次？又是下次？……」

我快步走上樓，回自己的房間，門邊擱著粉紅色行李箱，小阿姨來了。小阿姨從讀大學四年，到現在研究所，都暫住在我家，說明確一點，就跟我共用房間。她本來不想，外婆交代，老媽領命，但是業務執行又落在我頭上，小阿姨經常為此跟我說抱歉，還充當我的家教老師，說什麼有她盯著，我的課業絕對不會落人後。

另外，一開始小阿姨要我跟她共用那些塗塗抹抹的保養品，教我彩妝技巧，但我沒興趣也做不好，還懶得卸妝，幾次後我就投降，要小阿姨饒了我。現在想想，好像多少應該學一點，比較容易融入女同學們的話題，這一兩週我在班上，根本像個啞巴。

我再看一眼粉紅色行李箱，真的開學了，小阿姨也來了。這樣一來，日子又會變好玩，而且就算學校遇到什麼事，小阿姨是個軍師，會幫我出主意，感覺安心多了。

第三週

我坐在籃球場邊喝水，沒想到開學第一天走廊上遇到的那個脫裙子學姊，她居然是籃球隊隊長。我用眼睛快速地點了一下籃球隊員的人數，包括我，總共二十三個人。太好了，這個數字至少可以分做四隊打兩個全場，還有候補呢！要是分成三對三鬥牛的話，……

「妳的馬尾好可愛喔。」一個白白淨淨的學姊坐到我旁邊，順手撥著我的馬尾，「妳有哥哥或弟弟嗎？應該會

很帥。」

我嚇了一跳，連動都不敢動，而全身的雞皮疙瘩都站起來了。

「吳曉倩遲到就算了，不要調戲學妹好嗎？」隊長張雅倫說完話，故意咳了兩聲。

「唉呦，難得有學妹這麼俊俏，而且妳看看這身高，至少一六五以上。」吳曉倩這位學姊繼續說著，手很自然地搭在我肩上，「手長腳長的，簡直前鋒的人選，……」

「吳曉倩，手拿開。」張雅倫用拇指跟食指捏起吳曉倩的手，「不要嚇跑新生。」

「Allen生氣了喔。」吳曉倩賊賊地笑著。

我實在看不出來現在是演哪齣，這位一副身材弱不禁風，制服裙子特別短的吳曉倩學姊，臉上還有一抹淡淡腮紅，油亮的護唇膏，髮絲一股香氣，另外，還有透明淡粉紅的指甲油。種種跡象，不用福爾摩斯或柯南上身，我也可推敲出，她不應該是打籃球的料，甚至不應該是籃球隊的，除非……

「這位是球隊經理，吳曉倩。」張雅倫說。

「喔，學姊妳好。」我心想果然是球隊經理，想不到籃球隊裡還真有這號人物，太神奇了。

練完球在一旁休息時，聽說Allen超厲害的，校際比賽時曾經單場獨得四十分。Allen是這兩年校草排行榜上第一名，任何比賽場邊一定擠滿學妹。Allen跟吳曉倩是一對的，……

我喝水時，不小心嗆到，不太舒服，咳了好幾聲才緩解。轉頭看看剛剛八卦的隊員，她們已經走遠了。

準備出校門回家，我拿起制服裙子，抬起腳穿裙子。

「學妹，要不要PLAY？」

「好呀。」我反射性回答，轉頭才發現邀約的人是張雅倫，瞬間剛剛的謠言又在耳邊響起。

「學妹，進籃下再出手。」「學妹，多做一下假動作，再出手，像這樣。」張雅倫球場上話還真多。

「Allen妳打這麼認真，是要嚇跑新生嗎？」吳曉倩在場邊大叫。

「啥？」張雅倫聽不清楚，轉頭看了吳曉倩一眼。

我利用了這個空檔，帶球上籃。這是我跟Allen第一次比賽得到的第一分，也是唯一一分，結果是一比六，差點被剃光頭。

Allen說她要補習，套上了制服裙子先走了。看著她的背影，我好像明白了林承恩的態度，為什麼堅持要百勝？認真了，就不想輸。

「妳這個瘋婆子。」吳曉倩解下了我的髮圈。

「幹嘛？」我倒退兩步。

「妳這亂糟糟的頭髮，出得了校門嗎？」

「我自己來就好。」我拿回髮圈，用手指梳頭，綁上馬尾。

「瞧妳緊張的樣子，沒有被媽媽姊姊綁過頭髮嗎？」吳曉倩在笑，連眉也笑開了。

「嗯。」我隨便應了聲，想回答我沒有姊姊，可我又想起小阿姨，有時她倒像個姊姊。至於老媽，我完全不記得她有沒有幫我綁過頭髮，有印象以來，我就一直自己綁馬尾，我只記得她說過，要留長頭髮，就自己綁頭髮。所以，老媽有幫我綁過嗎？

「妳為什麼還沒剪短頭髮？」吳曉倩打斷我的思緒。

「什麼？」我拿起制服裙子正準備穿上，怎麼會問我為什麼還沒剪短頭髮？這學校沒有髮禁呀！難道是球隊有髮禁？

「剪了也可惜，這馬尾真可愛。」吳曉倩又伸手撥了我的馬尾。

我趕緊起身，說要先走了。

走出了校門口，我忍不住回頭再看一眼。

「何宇璇。」

有個人拍了我一下肩，並叫了我的名字，我順勢轉頭並退開一步。

「小阿姨？」我鬆了一口氣，「妳怎麼來了？」

「我有事到附近來，想說跟妳一起回家。」小阿姨的眼神上下打量我一番，「穿裙子耶，平常叫妳穿都不穿。」

「上學沒辦法，進出校門一定要穿著。」我無奈地攤手。

「唉喲，女生嘛！就是要打扮漂漂亮亮的。」

「乾淨整齊就好了。」我快步走著，有時候小阿姨比我媽還嘮叨，得趕快回家才好。

「光是乾淨整齊，也太不可愛了吧！」小阿姨追著我，高跟鞋踩在水泥地上，喀喀地作響，「都是妳媽啦！小時候也不多給妳打扮一下，生了弟弟後，幾乎都買褲裝給妳，說什麼這樣以後弟弟也可以穿。唉喲，走慢一點啦。」

「很務實，環保呀！」我聽高跟鞋的喀喀聲漸小，刻意放慢腳步。剛剛看小阿姨一身行頭，薄外套裡的連身洋裝，紅色亮皮的高跟鞋，隱約還有香水味，她一定是去約會。記得五年前剛上大學的她，T恤跟牛仔褲，還說不會為誰改變，喜歡就要喜歡她的樣子。

想到此，我嘴角微揚，淡淡笑了一聲。

「偷笑什麼？」小阿姨右手架在我的肩膀上，「老實招來。」

「唉呀！我的頭髮。」我的髮根被小阿姨拉扯到，隱隱作痛，小阿姨趕緊跟我說抱歉。這讓我想到一件事，接著我問小阿姨，「我媽幫我綁過頭髮嗎？」

「嗯。」小阿姨咬著下嘴唇。

看著小阿姨的神情，就像她在期中期末準備考試一樣，我想我這個問題一定很難。

「不過妳為什麼留長頭髮？」小阿姨反問我，「妳媽從來沒有幫妳綁過頭髮，她跟妳說留長頭髮要自己綁，我記得妳小時候，大概五六歲前都是短髮。」

沒錯，小阿姨的說法跟我的想法一樣。剎那間，我心頭一驚，那我為什麼留長頭髮？

第四週

開學將近一個月，坐在教室裡的最後一排，看著全班同學的背影上課，總覺得無法融入這個團體，我沒有跟任何一個同學講超過五句話，或者課業以外的話。不知道為什麼，和她們之間好像有些隔閡，我這麼想或許有點誇張，畢竟開學才一個月左右，又是新的國中生活。但是說實在的，我在國小三年級跟五年級也換了班級，並沒有這樣的感覺。

我上完廁所，看了手錶，下課時間剩兩三分鐘，悠哉地走回教室，越走越奇怪，走廊已經沒有任何同學的身影。一踏進後門，眼前景象更讓我很吃驚，全班同學都不見了，不，還剩班長一個人，而她正在鎖前門。

「何同學，妳還沒走？」

「啥？要走去哪裡？」我愣了一下。

「生物老師腳受傷，沒辦法走過來，所以請我們直接到實驗室去上課。」班長回答得自然，但話一說完，又覺得彼此間有幾分尷尬，

「呃……，何同學……，妳不知道嗎？」

「嗯。」我回座位拿了生物課本跟筆袋。

「一起走吧。」班長鎖上後門，走在我身邊。

我們走著，情況有點詭異，不知道要講什麼話題來填補之間的生疏。

「那個何同學……」

班長試探性地叫了我，我有些納悶，這個班上同學叫我都叫何同

學，我姓何沒錯，但感覺好見外。算了，也沒什麼大不了的，就一個名稱，知道別人在叫我，而且我也真的沒跟班上同學很熟。

「嗯。」我應了聲，表示有聽到。

「何同學妳跟陳梓玲是國小同學嗎？」

「對。」

「何同學我只是很單純地問妳一些事，妳答不答都可以。」班長嚴肅地看著我，「妳跟她有過節嗎？」

「啥？」這是什麼問題？怎麼會問到這個問題？我倒吸了一口氣，微微皺眉，我一直也很想問這個問題。

「應該也不能說是過節，或者……或者說是……誤會。」

我的表情應該很差，讓班長急忙解釋。與其讓班長問我答案，我倒想知道她聽說了什麼事情，不然怎麼會無緣無故問我這件事。

「我也不清楚。」我只能這麼回答，「國小的時候，我們幾乎沒什麼交集。」

「嗯。」班長吞了口水，咬著牙說，「妳搶她喜歡的男生？」

「啥？」左腳踢到地板不平的凹洞，右腳小墊步了一下，我試著保持平衡，這個答案太讓人意外。

「何同學，我會問妳沒有別的意思，只是我覺得不像。」

到生物實驗室之前，我跟班長都沒再多說什麼，我沒有做任何澄清跟辯解，因為我根本不知道陳梓玲喜歡的男生是誰？既然如此，搶這動作又何需多做解釋呢？

進了生物實驗室，看到陳梓玲跟前後左右同學聊天，我突然明白為什麼自己成了班上的邊緣人。除了我自己沒有積極地向中心靠攏，再來就是那些莫須有的八卦，把我貼上了標籤，拉開了我跟同學間的距離。

打開課本，生物的演進，原始生命，藍綠藻，呼吸生物……

「喂！」小阿姨推了一下我，「妳在發呆？」

「喔。」我回過神，拿起書桌旁的原子筆，上生物課前班長告訴我的事情整天在我腦子打轉，我在想我是不是要跟陳梓玲攤牌，她喜歡的男生是誰？

「矮冬瓜？」小阿姨搬了她的椅子靠過來。

「幹嘛一直叫人家矮冬瓜？林承恩已經跟我一樣高了。」我揉了眼睛，想專心讀生物課本。

「妳知道為什麼妳去讀女校？」小阿姨再挨近我一些。

「因為比較單純。」我回答時，想到生物課的事，忍不住冷笑一聲，八卦多，是非多，哪裡單純？

「呿！官方說法。」小阿姨也跟著冷笑。

「妳又知道什麼了？」我覺得小阿姨今晚很不單純，一副有八卦要說的樣子，還有起手式就提到林承恩，太不尋常了。

「也沒什麼大不了的。」

按小阿姨這句話，她有些遲疑了，覺得自己說溜嘴，整件事不應該提起，甚至討論的。想要更進一步知道小阿姨掌握的情報，就是忽略情報本身的存在。

「是呀！能有什麼大不了的事，就只是讀書嘛！到哪間學校還不都一樣。」我翻頁，繼續讀生物，「生物的演進，原始生命……」

「哪裡一樣？女校明明比較遠。」

「差五百公尺，這我知道。」我拿起螢光筆加強課本上的重點。

「這是因為要拆散妳跟矮冬……」小阿姨話說到一半，馬上閉嘴。

「我今天是水逆嗎？一直提以前的同學。」我有點無奈，「而且幹嘛用拆散這兩個字？」

「啊就……活動中心那裡呀，那些三姑六婆說你們在一起，傳到妳媽耳裡，然後妳爸也知道，所以……」

「在一起打籃球是犯法嗎？」我將生物課本闔起來，「而且我跟林承恩打籃球多久了？小時候可以一起打，長大就不行嗎？」

「也不是這樣說，長輩們都比較關心這種事嘛！會緊張，一定想說先預防……」小阿姨拚命解釋，「所以說……，女校比較單純，妳看大家都女生多自在……，妳要去哪？」

我拿起球袋，「去打球。」

「喂，晚上八點打什麼球？」小阿姨喊著，「很晚了啦！」

晚上八點，老爸要九點才下班回家，老媽督促弟弟自己洗澡。活動中心關了，沒有那些閒話家常唯恐天下不亂的老人家。

這時候打球，沒有人吵我，也沒有人八卦我，只有球落在地上的聲音。球落地的節奏，頓時讓我好安心。

第五週

在學校的上課時間，我豎起耳朵聽課，下課時間，我就趴在桌上睡覺，完全不想花費什麼精神去重建社交圈，其實這樣也很省事，不用因為要加入話題，刻意去看哪部偶像劇，也不用為了消耗下課時間，故意講些有的沒的。

過多的午餐時間，我將自己泡在圖書館，開學到現在，已經看完好幾本福爾摩斯的偵探小說。

社團時間讓我覺得最放鬆，只有一個目標，將籃球投進框內。

我正想出手投籃，一隻手勾在我脖子後，聞到一股甜甜的香味，便知道是吳曉倩學姊。她每次一出現，總是很熱情。

「妳的馬尾呢？」吳曉倩伸手摸著我的頭髮，「這樣也好可愛喔！」

昨天剪掉的，每天打球流汗，回家洗澡還要洗頭，洗完還要吹乾頭髮，太煩人了。理髮師要動剪刀前，問了我三次，確定要剪短嗎？確定要剪那麼短嗎？我連說了三次對，就剪成男生那種短髮。理髮師不死心地追問，之前有剪過那麼短嗎？不想綁頭髮了嗎？留這麼長不覺得可惜嗎？我沒有回答了。我只是來剪頭髮的，沒想過要回答那麼多的問題，不知道是不是跟同學少講話的關係，最近我的話越來越少，如果能回應一兩聲帶過的，我就不多講了。

「嗯。」我應了聲，微蹲一下，鬆脫吳曉倩搭在我肩上的手。

「幹嘛這麼害羞？」吳曉倩的手又搭上我的肩，「給妳幾顆糖果。」

我兩手抓著籃球，還來不及反應要不要接受，吳曉倩將那幾顆糖果塞進我的口袋，再給了我一個很燦爛的笑容，然後飛快地跑開。

我的嘴角忍不住上揚，吳曉倩真的很妙，長我兩歲，卻像個小女孩似的，總是蹦蹦跳跳的，一副就是天不會塌下來，哪需要擔心什麼呢。

放學後，不想太早回家，我直接到活動中心後方的籃球場打球。

我將書包擱在地上，把籃球拿出來。對了，這制服裙子還穿著，因為裙子裡面是運動褲，我想都沒想，直接脫下制服裙子，放在書包上。

「喂！」

我一轉頭，看見林承恩正奔跑過來，不到幾秒，他喘吁吁地站在我面前。

「幹嘛？」發生了什麼事嗎？跑那麼快幹嘛？我有些疑問。

「吼，是妳！我想說誰這麼開放，在這裡脫裙子。」林承恩喘口氣後，抬起頭來，眨了眨眼，接著瞪大眼睛，張大嘴巴，「妳幹嘛啦？」

「什麼事幹嘛？你下巴掉了喔！」

「頭髮是怎麼一回事？」

「就……」我開始懷疑只是厭煩洗頭吹髮那麼簡單嗎？我不想回答，我怕林承恩會扯出一些奇怪的問題，我就不得不面對真正的動機。

「就叫妳一定要梳頭髮，不要像我家喵喵那樣，長毛貓每次過完冬天，全身打結就要剃毛。」

「什麼跟什麼，我哪裡沒梳頭髮，你家喵喵是你都不幫牠梳毛。」

「我怎麼幫牠梳，牠會咬死我耶，跟妳一樣凶。」林承恩露出一副要咬人的樣子。

「我哪裡凶？」我將籃球丟給林承恩。

「超凶的。」

林承恩接住籃球，準備投籃，我舉起雙手，想阻攔他，結果他一個假動作，再運球上籃。

「可惡。」我趕緊轉身看有沒有籃板球可以撿。

籃球騰空進框，連框的邊緣都沒碰到。

「今天要不要比一場？」林承恩問。

「不要，在學校練球了，有點累。」我撿起籃球，在籃底下投擦板球。

「累了還不早點回家，現在秋天了，天色比較早暗，一個女生……」林承恩一邊說，一邊伸手摸著我頭頂的頭髮，「嘿嘿，一個小男生，這樣也不錯，安全多了。」

「喂！」我突然想起小阿姨的話，用力撥開林承恩的手。

「怎麼了?生氣了？」林承恩嚇了一跳，「對不起。」

「沒事啦！」

看著林承恩擔心的臉，剛剛他說的一個小男生好像也不錯，男生可以結伴打球，一直到天黑也沒關係。另外，沒有人管男生穿裙子或是褲子，尤其穿裙子時最麻煩，時時刻刻要注意動作是否太大。還有……

「喂!喂！」

「什麼事？」

「妳最近常心不在焉。」

「哪有？」我馬上否認，「我要回家了。」

「我跟妳一起走。」

「好呀！」我拿起裙子，背起書包，將裙子塞進書包內。

「嚇我一跳，還以為妳要在這裡穿上裙子。」

「我好不容易可以脫掉，幹嘛穿上。」

「也是，而且妳現在頭髮這麼短，穿裙子應該……」林承恩憋著笑，沒有打算說下去。

「應該怎樣呀？」我瞪了他一眼。

「就……我不知道啦！剛剛來的時候，太遠了沒看清楚。」林承恩噗哧一聲笑出來，「我不知道啦！」

「你再笑，我揍你喔。」

「還說不凶，要不要再找個證人？何小宇，你姊凶不凶？」林承恩邊跑邊喊，「她說要揍我耶。」

「喂，等我啦！」

跑到我家門口，林承恩說要跟我媽、我弟，還有小阿姨打聲招呼，我推著他，要他趕緊回去。我看著手錶說，現在六點左右，我媽才正要接安親班的弟弟回家，小阿姨可能約會去了，家裡沒人在。

我拿鑰匙開了門，癱坐在客廳的地上，沒想到跟林承恩講了這麼久的話，原本心頭上的煩惱像是晨間的大霧突然散去了。我站起來，準備去洗澡洗頭了。

第六週

小阿姨和我在房間做功課，房間門突然碰一聲打開。

「何小宇你是不會敲……」我用力地放下原子筆，正要發火，轉頭一看，「大姑姑？」

「大姑姑怎麼來了？」小阿姨先站起來，「還提著行李箱？該不會……」

「我媽又叫我去相親了。」大姑姑隨手將行李箱擱在地上，跟著小阿姨坐到床邊，「都幾歲人了連這個都要管，談不談戀愛，結不結婚是我自己的事。她每次想到，興致一來，不是約這個，就是約那個，什麼吃個飯，喝杯咖啡而已，……」

我將原子筆夾在數學課本中，這段對話我已經聽了七八遍，整個前情提要就是阿嬤要大姑姑早點嫁人，其實也不是早點，她現在已經三十七歲了，某公司高階主管，也就是職場上女強人。打從六年前，阿嬤就一直催，大姑姑被催煩了，就會離家出走。而所謂的離家出走，就是到她哥我爸家來小住幾天，當然最後落腳的地方就是我的房間。

大姑姑會開始抱怨阿嬤逼她相親，介紹什麼老里長的姪子還是三孃婆的鄰居，早期的相親對象是一些黃金單身漢，而現在連離婚的，或者喪偶帶小孩的都要推給她。接著，小阿姨也會附和一下，表示自己男友怎樣媽寶，有時候自私又不貼心。最後，她們會一起進入結論，結婚哪裡重要？那只是個儀式，只是個過程，重要的是之後的相處吧！

一開始，我老媽還會緊張地跟上來，要她們倆別在我面前亂講話，幾次後，大家都麻痺了。我只是覺得大人們的論點很奇怪，讀書階段叫你不要談戀愛，禁止交男女朋友，畢業後出社會工作，改叫你趕快結婚生小孩。所以談戀愛跟交往都不用學習的？長大就會了？結婚就對了？

唉，我嘆口氣，想下樓喝杯水，電話鈴聲響起。應該是阿嬤打來了，電話鈴聲才響一聲，馬上被老媽接起來。之後還是一樣的劇情，老媽會說大姑姑在這裡，然後一直，「嗯嗯嗯……」，直到阿嬤氣消。

我經過客廳，老媽一手拿著電話聽筒，一手對我比手劃腳。

「喔。」我知道老媽的意思，要叫弟弟去洗澡了。

我上樓敲了弟弟的房間門，「何小宇，洗澡了。」

「何大宇，媽呢？」弟弟探出頭問我。

「在跟阿嬤講電話。」

「喔，那我要自己洗喔。」

「當然呀，你不是會自己洗了嗎？」我有點不耐煩，為什麼小孩子都會問一些理所當然的問題？

「那我洗完，誰幫我檢查有沒有洗乾淨？」弟弟拿著換洗的衣服走出房門。

「看媽講完電話沒吧？」

「阿嬤打來會講很久耶。」弟弟癟著嘴，「該不會是妳要幫我檢查？」

「也可以啦！」

「妳要看我光屁屁，還有露鳥鳥！」弟弟吃驚地摀著嘴，「老師說不可以給別人看到內衣褲遮住的地方。」

「何小宇你夠了，趕快去洗啦！」我吼著弟弟，要他節制點，這陣子老是愛講屁股跟……。

「何大宇恰北北。」弟弟跑進浴室，馬上關上門。

「喂，小心熱水，洗完叫我。」我坐在浴室外的小椅凳，監工。

坐下時，驚覺小椅凳變小好多，小時候我會坐在上面，讓老媽幫我洗頭，還有上廁所坐馬桶時非得要踩著它，不然的話，怕一個重心不穩跌進馬桶，然後被沖進漩渦。真好笑，一個小孩子這麼大一個，怎麼會被沖到下水道？應該會卡在馬桶裡才對。

「妳在笑什麼？」弟弟在浴室大喊。

「沒有啦！」

「妳不要走掉，要等我洗完喔。」弟弟又大喊。

「好啦！你快點洗。」我的耐性快被磨光了，小聲嘀咕著，「這小子怎麼那麼沒安全感啦！」

「妳說什麼呀？」

「沒有啦！你快點洗。」我喊著，覺得自己好好笑，好像老媽一樣嘮叨，一直叫弟弟快點快點。

「小宇呢？」老媽站在我面前，「妳在笑什麼？」

「沒什麼，何小宇洗個澡超煩的。」我站起來，想說任務解除，可以閃人了。

「大宇。」老媽叫住我，「大姑姑可能會住幾天。」

「嗯。」我不意外，但老媽不會因為這件事叫住我，應該還有別的事吧！

「月底那幾天呀，我要跟妳爸去北部出差，我有交代妳小阿姨，

好好照顧妳跟弟弟。」老媽說，「到時再麻煩妳多幫忙小阿姨了。」

「喔。」我嘴上是應了聲，心裡哀嚎聲遍野，小阿姨只能當朋友，無法勝任家長的職務，有時候愛情沖昏頭，根本就是把家裡當旅館。

「如果沒有零用錢，妳知道家裡的備用金在哪吧！還有急救箱在哪，知道嗎？」

「嗯。」我都知道。

「弟弟幾點安親班下課，要去哪家接，知道嗎？還有幾點吃飯？幾點睡覺？幾點起床上學？上學要帶弟弟到校門口，知道嗎？」

「嗯嗯嗯。」我點了好幾次頭。老媽一連幾個問題，我都知道，有什麼難的，就家裡的常識，非得要一一確認，真煩。

「那就好，有妳在，我放心不少。」老媽拍了一下我的肩，「妳爸說下次頭髮不要剪這麼短。」

我忘了有沒有回應老媽，因為我不喜歡最後那些話。那是從何小宇出生後，我一直聽到的話，「有妳在，我放心不少」。而我剪短頭髮並不是只是為了刷存在感而已，好嗎？不管在學校或家裡，我越來越邊緣了，甚至透明，我連討拍的動力都沒了，或者說又該向誰討拍呢？

我伸手進口袋，摸到裡面的幾顆糖果，是吳曉倩給的。拿了一顆，撕開包裝紙，將糖果含在嘴裡，是我的內心太苦了嗎？這糖果好甜喔，不，好酸喔。

又酸又甜的糖果，在考慮要不要吐掉的同時，兩種味覺好像漸漸混合了。

第七週

大姑姑在我的房間待了三個晚上才回阿嬤家，雖然我的房間是榻榻米通鋪，但是三個人擠在一起睡，還是很辛苦，害我都不能隨意翻身。不知道是睡不好腦神經衰弱的關係，還是怎樣？這幾天很奇怪，一大早糖果會自動出現在桌上，而下課時間沒收好的原子筆跟尺像是長了腳，到處亂跑，甚至跌到地上。

為此，我特地提早十幾分鐘出門上學。越是接近教室，我越加快腳步，在進教室門的轉角撞到一個人。

「對不起。」我急忙道歉，抬頭一看，是吳曉倩，她正笑瞇瞇地看著我。

「大宇早呀。」

「學姊早。」我感覺不對勁，「妳怎麼會在這裡？還有妳怎麼會叫我大宇？」

「祕密。」吳曉倩伸手進口袋，「既然遇到了，再多給妳幾顆。」

吳曉倩拉起我的手，將糖果放在我的手心，我沒有縮手，瞄一眼看自己座位上，已經有幾顆糖果了。

「幹嘛給我糖果？」

「妳不吃嗎？」

「妳給了，我就吃。」說實在的，自從何小宇會吃糖果，我很少吃了，因為我長大了，如果跟他搶糖果吃，感覺很幼稚，所以我乾脆不吃糖果。但是吳曉倩給的糖果，有特別甜蜜的感覺，我都收好，自己吃。

「妳吃了，我就再給。」

「有道是無功不受祿。」看著吳曉倩那副滿足的神情，我很納悶，「有什麼事要幫忙的嗎？」

「妳古人喔！還受人點滴，當泉湧以報。」

「不然，那是為什麼？」我更困惑了。

「就還滿喜歡妳的。」

吳曉倩講得好自然，我還來不及反應，她已經揮手，說她要回她的教室。我拿著她給的糖果，發呆了幾秒，想著這看似簡單的理由。

就吳曉倩那句話，我想了兩節課，她的意思是什麼？我該回應她嗎？我搖搖頭，還是趁著上課鐘聲未響起前，先去一趟廁所吧！

我走出教室，摸了口袋發現沒帶衛生紙，又轉身回頭，只見陳梓玲走過我的座位旁，接近桌面的手有意無意地揮動，原子筆瞬間掉落。

陳梓玲繼續往前走，然後一副沒事樣地經過我的面前。她沒有正眼看我，腳步沒有一點遲疑，讓我開始懷疑我剛剛看到的現象。她知道我在看她，如果她是無意的，應該馬上道歉，但是如果她是故意的，那多餘的動作就是不打自招了。

天呀！陳梓玲為什麼要這麼做？

我向自己提出這個疑問時，又想起那天班長對我說的話，「妳搶她喜歡的男生。」

這真是個可怕的假新聞，明明我也是當事人，甚至是受害者，卻沒人來詢問我整件事的可信度。最荒謬的是我這個當事人，連發生了什麼事都不知情，卻要承受輿論的壓力。

我默默走回座位，撿起掉落地上的原子筆。我想，該跟陳梓玲說些什麼嗎？明明我就什麼都沒做，真的很莫名其妙。她知道我在看她了，會不會就此收斂一點？

好討厭的感覺一直纏繞著我，直到我被籃球隊長Allen撞飛兩公尺遠，整個人跌在籃球場外。

「有沒有怎樣？」吳曉倩火速衝到我身邊，將我扶起來。

「沒事。」我拍拍衣服上的灰塵。

「暫停，換人！」吳曉倩對著Allen大喊。

「吳曉倩妳不要鬧喔！」Allen走過來，問我，「學妹，還好嗎？繼續嗎？」

「嗯。」我應了聲，準備走進球場。

「喂。」

吳曉倩大叫一聲，Allen沒回頭理她，我只好轉頭，笑著跟她說沒關係。

今天的社團時間，隊長Allen突然提議打全場，並且就分成老鳥隊和新生隊。我原本以為只是互相切磋，過過場，實際複習一下比賽規則，但一開打後，整個氣氛都不對了。雖然有感覺周遭的氛圍緊張不少，但因為早上陳梓玲的事，讓我提不起勁。

接球，運球，傳球，跟著跑回防守，跟著衝向籃框進攻，其中還有幾個學姊一出手就給暗拐。過去就算了，我是這麼想的。然後我就被撞飛，我確定，籃下的我腳步站得很穩，而Allen帶球到籃下完全沒減速，想直接帶球上籃。

時間終了，老鳥隊大贏三十分。新生們鬆了一口氣，沒有任何意外的表情，還覺得是應該的。

「還好嗎？」

「嗯。」我知道是吳曉倩，沒抬頭看她。

「有沒有哪裡受傷？」吳曉倩一下子叫我轉個圈，一下子叫我抬手抬腳讓她看看。

「沒有。」我坐在地上休息。

「沒有？那妳臉色怎麼那麼差？」

「改天換妳下場跑個十分鐘，我看妳的臉色會比我還差。」我說著，呼吸已經稍微平順了。

「哪會？」吳曉倩推了我一把，「看妳好多了，還會耍嘴皮子。妳頭髮亂成這樣，可愛的自然捲。」

吳曉倩伸手幫我撥了撥頭髮，我沒有避開，我的心思放在剛剛被撞飛的那一球，我防守時腳步沒移動，是Allen進攻犯規，可是我站的位置有點問題，太接近底線了。也就是說我不在籃框正下方防守，所以那裡是一個空檔，Allen大可以直接帶球上籃得分，並不會造成帶球撞人的犯規。但是，她在適當的空檔沒出手，卻帶球撞我，「這太不合理了。」

「什麼不合理？」吳曉倩問。

「嗯。」我想，如果是其他人來不及煞車撞上來，或者抓不到這個空檔，都是有可能，但是我跟Allen打過幾次球，「太不合理了。」

「喂！什麼啦！」吳曉倩伸出一隻手從我的頸後勒住我，「什麼不合理？」

「幹嘛啦！」我嚇了一跳，脖子有點癢，正想推開吳曉倩的同時，我轉頭看了一下在不遠處休息的Allen，她也正看著我。

Allen投射過來的眼神，讓我背脊發涼，這應該就是不合理的原

因。

我拉開吳曉倩的手，跟她說我要去廁所洗把臉。就如同八卦週刊上的關係圖，箭頭指過來，還有虛線，太複雜了，問題是我怎麼會在裡頭？

第八週

爸媽已經出差了三天，預估今天回來。但是，今天是星期六，所以一早，啊不，是昨天晚上代理家長小阿姨就沒回來了，我想八成約會去，而且說不定又是什麼一時興起去吃宵夜，還接著看日出之類的，最後就連早餐吃一吃再回家補眠。

「大宇，我們早餐吃什麼？」何小宇揉著眼。

「我去買。」我拿了零錢袋，穿外套準備出門。

「大宇，不可以把六歲以下的小孩單獨留在家裡。」

「啥？誰規定的？」我歪著頭想想，好像真有這條規定，所以老媽有事要出去一下都會叫我顧著弟弟，「欸，可是你不是七歲了嗎？」

「對呀。」何小宇低頭，小聲地說，「可是我不想一個人待在家裡。」

「吼！有什麼好怕的啦！」看著何小宇一臉快哭的樣子，我只好學幼幼台的哥哥姊姊，用可愛的語調跟他說，「那好，就一起去早餐店吃早餐吧。」

我和何小宇到附近的早餐店，快吃完時，林承恩走進早餐店，笑瞇瞇地主動往我們這一桌坐下。何小宇從林承恩坐下那一刻，很有默契地開始跟他抱怨，家裡剩我們姊弟倆，很無聊，尤其是坐在他身旁的這個姊姊，就是我，都不會認真陪他玩，這樣就算了，接連幾天晚上睡前也不念故事繪本給他聽，等等等……

何小宇真的太誇張，我都這樣照顧他了，吃飯時間沒讓他餓到，

mim
mim
mim

放學時間沒讓他等到，還跟外人打小報告，這樣爸媽回來還得了？要不是在外面，我早一拳揍飛他，目前的情況，我只能踢一下他的腳。

我又踢了一下何小宇的腳，他完全沒有反應，還在講我。

林承恩聽著何小宇的控告，不時偷瞄我好幾眼，然後憋笑。

「喂！何小宇你快點吃，剩那幾口是要吃到幾點？」我惡狠狠地瞪了弟弟一眼。

「我嘴巴裡還有。」

「那你快點吞下去。」氣死我這是什麼藉口，老是含著食物又不咀嚼，我可不想一頓早餐拖成早午餐。

「好啦，你趕快吃完，承恩哥哥等一下帶SWITCH去你家玩。」

「好呀。」何小宇剩下一兩口的蛋餅，全塞進嘴裡。

「承恩哥哥？等一下，你們倆什麼時候感情這麼好？」我狐疑地看著他們。

「妳終於肯叫我承恩哥哥了。」林承恩順勢著說，「雖然我們生日差一天，但我也是比妳……」

「喂！」我一定要打斷林承恩的話，要不然沒完沒了，「重點是你們倆的感情什麼時候這麼好？」

「祕密。」

林承恩跟何小宇居然還回答一樣的話，讓我真的很無言。

吃完早餐，我先帶何小宇回家。快到家門口時，發現有個人，約略二十五六歲，搓手駝背，在我家附近來回走著。奇怪，看他的走法，好像我家是急診室一樣，這位誰的家屬到底緊張什麼？

「他誰呀？好人？壞人？」何小宇目前的世界是二分法，好人或壞人？這常常考倒我，每次看電視總要問千百次，像是《海賊王》裡的魯夫是好人？那為什麼海軍要抓他？

「就……」我要翻白眼給何小宇的同時，感覺眼前這個人很面熟，「是小阿姨的男朋友？」

「男朋友？矮油。」何小宇賊賊地叫了一聲。

「矮油什麼？」我推了一下何小宇的肩，要他別亂發出怪聲，又不是看偶像劇出現什麼接吻鏡頭或擁抱畫面。

小阿姨的男朋友走向我，問我小阿姨在嗎？我看了家裡的情況，沒開燈沒什麼動靜，小阿姨應該還沒回來，正想回答還沒回來，又覺得這答案不妙，萬一小阿姨跟男朋友說了要回來，這樣他會不會亂想，於是我只說，「不在。」

小阿姨的男朋友道謝後離開，背影有點落寞，奇怪的是小阿姨八成是跟男朋友去約會呀！怎麼她男朋友會找到家裡來？該不會吵架了？

何小宇小聲地問我說，「小阿姨昨晚是不是沒回來睡覺？」

我點點頭。

過了幾分鐘，何小宇又問我，「那小阿姨去哪裡玩呀？小阿姨為什麼沒帶我去？小阿姨什麼時候回來？」

就這樣被吵了幾分鐘，一直鬼打牆的問題。林承恩的出現簡直是救星降臨，何小宇的目標轉移，我的世界終於安靜了下來。

我走上樓梯，想說回房間收拾一下書桌，昨晚一邊等小阿姨，一邊寫回家功課，期間昏睡了兩次。第二次驚醒，看了一下鬧鐘，已經半夜兩點，我迷糊中關了燈，爬上床睡覺。

我一步步接近房間時，聽到窸窸窣窣的聲音，停下腳步，心裡納悶著自己出門前沒關電腦嗎？不可能呀！有老鼠嗎？這太誇張了，又不是小吃攤。有鬼?大白天的,又是自己家,不要自己嚇自己。

我走近房門時,發現房門沒有完全關上,留著一條小縫,裡面仍是暗的,小阿姨回來了嗎?為什麼不開燈?

我在門前停下腳步,確定是一陣陣的哭聲。小阿姨在哭,她躲在被窩裡嗚嗚咽咽,不時還傳出擤鼻涕的聲音。到底什麼事讓小阿姨哭得這麼傷心?跟十幾分鐘前在家門口徘徊的男朋友有關嗎?

我墊著腳尖往樓梯走,留給小阿姨一個哭泣的空間。

第九週

睡前，我去上廁所，並換了夜用加長型的衛生棉。不舒服的日子，連走到籃球場都懶，早點回家寫完作業，窩在被窩裡看書，然後睡覺。

我打開英文課本，背了幾個單字。

「這麼早要睡了。」小阿姨剛回來，一副疲累的樣子。

「還沒啦！就那個來，想說躺著讀書。」說到這裡，我想到小阿姨的經期好像都比我提早六七天，但這一週裡我好像沒看到她拿衛生棉去廁所，而且廁所的垃圾桶裡也沒有用過的衛生棉，「妳……那個。」

「什麼？」小阿姨正忙著整理她的背包，連頭也沒抬起來看我。

「妳那個還沒來嗎？」雖然是很隱私的問題，但我跟小阿姨共用房間五六年的交情，可是比閨蜜還要親。

「就……，阿知？」小阿姨重新調整她的書桌上的書籍，每本書拿起來又放回去，好像位置也差不多，接著她拿出一張溼紙巾擦桌子。

太不對勁了，我跟小阿姨之間的氣氛很詭異，房間的空氣有點冰冷，我將棉被往肩膀拉。這讓我想起四年前，小阿姨大二時，她跟初戀男友分手的那一天，我回到房間時，她一直在做打掃的工作，一下子拿吸塵器吸地板，之後又拿抹布跪在地上擦地板，整個晚上，整間房間她都抹過一次，連床邊那種不到一兩公分的小角落也沒放過。

「發生什麼事了？」我把身體坐直，很嚴肅地問。因為不只今天，小阿姨這一個星期都很奇怪，她發呆的次數變多，跟她說話時像是魂飄走了，眼裡還閃著一點不安。

「就……」小阿姨發了一個音後，咬著下嘴唇。

「妳不說，我就猜了。」我有點生氣，小阿姨明明有事，還不說。如果今天是別人，我才不管他們，可是小阿姨是我的室友，也像我的姊姊。

「我好像懷孕了。」小阿姨轉過身來看著我，隨即又低頭。

「懷孕？」我愣了一下，這事態有點嚴重，「妳有用驗孕棒，驗過嗎？」

「還沒。」小阿姨從背包深處，拿出未拆封的驗孕棒，「我不敢驗。」

「如果妳不確定，妳只是在煩惱這個點，對之後完全沒幫助。」

我拉開棉被坐在床緣，「這是一條岔路，妳要知道妳站在哪一邊才可以解決到真正的問題。」

「嗯嗯。」小阿姨握著驗孕棒，用力點點頭。

「還是妳要跟我媽媽一起討論。」看著小阿姨信任的眼神，我突然有點卻步，如果需要面對的結果，超過我這個未成年人可以安慰的，我也才讀了幾年的健康教育，雖然考試分數都還不錯，「畢竟媽媽就不同，能成為媽的就是有經驗。」

「不。」小阿姨搖搖頭，「我想讓妳先知道，妳等等我。」

小阿姨出了房門，去廁所。我有點坐不住，下了床，在房裡走來走去，就是因為這樣，那天小阿姨才哭嗎？她男朋友也知道原因嗎？如果沒有懷孕，就沒事，如果懷孕，就是一個生命。我感覺手心出汗了。

「但是不管有沒有，小阿姨會擔心，那就表示……」我喃喃地說，想起何小宇「矮油」的叫聲。

小阿姨回到房裡，我們一起看著驗孕棒上的兩條線，發呆許久。

「小阿姨，我不太會安慰人，但是還好妳是成年人了？」我說這話之前，把這件事想像發生在我身上，一個十三歲國中女生要是懷孕了，光是想像那個起始點就覺得可怕。

「我知道妳的意思。」小阿姨抱著我哭了。

可能小阿姨的哭聲太驚天動地了，或許我家的隔音設施太差，老媽敲門進來，小阿姨連眼淚都來不及擦掉。

老媽坐在床邊拍拍小阿姨的肩，小阿姨轉身抱住我老媽，就她姊姊，然後哭得更大聲。

我離開房間，我想此時小阿姨應該需要有經驗的人甚過於我。

「大宇，媽呢？」何小宇從房間探出頭。

「什麼事？檢查回家功課嗎？」我在何小宇房門外停下腳步，「拿來我看看！」

「不是啦！回家功課早檢查完了，我要睡覺了，媽媽要講睡前故事給我聽。」

「那……」我想天呀，這時間點也太剛好了，「我來講啦！」

「妳要講喔！我的天呀！很無聊耶。」

我翻白眼給何小宇，並推開他的房間門，「繪本呢？算了，要有趣的話，我來講一個阿飄的故事。」

「何大宇，現在講阿飄的故事，誰睡得著？」

我發現何小宇的書桌上，有一張粉紅色卡片，「這是什麼？」

「借妳看，安親班的吳曉梅，寫給我的信。」

一打開，裡面滿滿的注音符號，我按著每個注音慢慢拼念，「何小宇，我喜歡你，你可以跟我玩嗎？吳曉梅。」

「還我。」何小宇很滿意地將卡片收進抽屜。

「哇！太勁爆了，你才小一呢。」我真是不敢相信，我這個煩人的弟弟，居然有超高人氣，等等，「吳曉梅？吳曉倩！」

「妳怎麼知道她姊姊叫吳曉倩？曉梅說她姊姊跟妳讀同校，妳們認識喔。」何小宇天真地看著我。

「是呀！」我咬著牙說，終於知道為什麼吳曉倩叫我大宇，就是被眼前這個傢伙出賣了。

「上次爸媽出差，妳來接我，我跟曉梅說這就是我姊姊大宇，她居然說，不是哥哥嗎？哈，笑死我啦。」何小宇笑到坐在地上，還抱著肚子，「都是妳頭髮太短了，還穿短褲。」

「何小宇，我一定要講阿飄的故事給你聽，從前從前，有一個白衣女阿飄，她的舌頭這麼長，……」

何小宇摀著耳朵，跳進被窩，大叫，「我不要聽啦！」

「她從古井爬出來後，就常飄來飄去，看哪個小孩還不睡覺，她就……」我亂七八糟地講著，所有想得到可怕的情節都給它加進去，直到聽見何小宇的鼾聲，才鬆了一口氣，白衣女阿飄再見不送。

我回到房間，小阿姨已經睡去。

隔天

昨晚我回房間，小阿姨已經睡了，今早要上學時，她還沒醒。我在學校整天都掛念著她，不知道老媽跟她談了什麼，不知道她心情好多了沒。

社團練球時，我更盼望著分分秒秒趕快過去，讓我早點回家。

「大宇。」吳曉倩很大聲地叫我。

「什麼事？」我拿著籃球，左右張望，人呢？

「妳在發什麼呆？」吳曉倩從背後拍了我一下。

「哪有？我在投籃。」

「投籃？妳拿著籃球五分鐘都沒動耶！」

「是嗎？」我想糟糕，五分鐘是有點誇張，但更誇張的是吳曉倩，盯著我五分鐘是怎樣，「不是呀，學姊，妳幹嘛盯著我？」

「我喜歡，不行嗎？」吳曉倩嘻皮笑臉地說著。

「也不是不行。」我在回答什麼，實在沒心情跟吳曉倩亂哈拉，「我要早退，妳幫我跟隊長說一聲，謝謝，再見。」

我把籃球隊的籃球交給吳曉倩，急速衝到書包旁，穿起制服裙子，任憑吳曉倩在背後大叫我的全名，我都沒有回頭。

我兩三步併著走，甚至小跑步。快到家門口時，看到外婆的機車，我不由得緊急煞車，「天呀！什麼情況？」

我躡手躡腳，又假裝沒事樣，走進客廳探探虛實。客廳沒有任何動靜，所以主戰場在我房間。唉！這一兩個月，我的房間是水逆嗎？改天應該來搬動一下家具，變化格局，看看風水會不會好一些。

我的腳步正踏上樓梯第一階，就聽到外婆的大嗓門了。那個氣場太強大了，我連動都不敢動，只剩下腦子可以些微運作，「所以，我現在要進房去聲援小阿姨嗎？還是……」

「……，乎妳讀冊，讀尬大肚，……」外婆的台語像斗大的雨滴打落在屋頂，霹靂叭啦，在我房間持續轟炸，似乎還無意停止。

「媽，好了。」老媽好不容易找到縫隙插話。

「擱有妳，住妳厝，顧嘎按內，……」外婆轉移轟炸對象。

我退回客廳，癱坐在沙發上，連空氣都不敢任意吸一口，雖然已經聽不清楚外婆在房裡講些什麼，但是整個空間彷彿受到音波的干擾，震動的頻率直接傳達我心臟。還是牆上的時鐘有膽識，一如往常地走動。

啊，何小宇安親班快下課了。我在內心吶喊著。

一兩分鐘又過去了，老媽還沒走出房間，這樣下去會來不及，等一下何小宇又紅了雙眼。

「我去接何小宇。」我使盡力氣大喊，試圖蓋過外婆在我房間轟炸的音量。

這句話一說完，整個房子頓時安靜下來，只剩一絲絲啜泣的聲音從我房間出來，遊蕩到客廳。

我到了安親班門口，跟老師打招呼時，由落地窗看見教室裡的何小宇早已不停扭動座位上的屁股，一下子看手錶，一下子拉長脖子探頭看窗外。

何小宇看到我時，先是疑惑愣了幾秒，隨即咧嘴大笑，趕緊收拾課本，等安親班老師叫他的名字。

何小宇衝出來，立刻站直身體，揮手向安親班老師說再見，然後又像一團軟泥一樣挨到我身邊，「大宇，怎麼是妳？媽怎麼沒來接我？」

「就一些事，……」我吞吞吐吐，不知道該怎麼說，「就外婆來家裡。」

「外婆來做什麼？」何小宇歪著頭，「找小阿姨嗎？」

「對啦對啦。」我對一個七歲小孩敷衍著，不自覺地加快腳步，心想快點回家，不對，家裡現在那個氣氛，回家更尷尬。

我放慢腳步配合著何小宇的速度。

「啊！我知道了，小阿姨交男朋友被外婆知道了。」何小宇拍了一下手，「一定是這樣，我就知道。」

「對啦對啦。」拜託，以小阿姨的年紀，哪是交個男朋友，外婆就會衝過來，又不是我這個年紀。

「偷偷跟妳說喔！」何小宇一副賊貓樣，「吳曉梅都牽我的手，我同學都說，她是我女朋友。」

「啥？」我差點被自己的口水噎到，不是才在送卡片的進度，怎麼變女朋友了，「你知道女朋友是什麼意思嗎？」

「……」何小宇仰頭看著我。

「女朋友就是你有喜歡人家，然後平時要照顧人家，注意她開心還是難過。」我壓低音量，「還有呀，她生日的時候，你們過聖誕節或情人節，你都要拿零用錢買禮物送她。」

「那……我再想想看。」何小宇的表情，顯示這些事很棘手。就像注音ㄥ跟ㄣ有時候在拼音裡念起來一樣，要下筆前，我只要問聲你確定嗎？他就會說我再想想看。

「好吧！」我聳聳肩，沒想到要一個小一生不交女朋友這麼簡單，無關喜不喜歡，光是送禮物這個難題就可以打發掉念頭。那什麼時候我們會在乎喜不喜歡，超過那些現實物質？愛情跟麵包，到底哪個比較甜美？

「那承恩哥哥有送妳禮物嗎？」

「他幹嘛送我禮物？」

「他不是妳男朋友嗎？」何小宇張大眼盯著我瞧。

「誰說的？」我的眼睛應該張得比何小宇更大。

「不是嗎？」

「不是呀。」我說，直接打斷何小宇的疑問句。

「妳不喜歡承恩哥哥？」何小宇低著頭，喃喃地說，「可是我還滿喜歡承恩哥哥的，他……」

「我沒有不喜歡他。」

「所以妳是喜歡他。」

「我……」我怎麼覺得有種掉進坑的感覺，怎麼回答都不對呀，

「何小宇你真的很煩。」

「我哪裡煩呀？妳才奇怪，連喜歡不喜歡都不知道嗎？」

「問題是喜不喜歡，不單單是拿來評估做不做男女朋友的標準。」

「什麼標準不標準？聽不懂啦！」何小宇氣呼呼並加快腳步，

「喜歡就喜歡，不喜歡就不喜歡。」

「喂，等我。」我好像被何小宇反將一軍，愛情跟麵包要比較

前，還是得看喜不喜歡吧。只是喜歡的程度還是有差別，我覺得何小

宇想得太簡單，而他可能覺得何大宇想得太複雜。

那小阿姨呢？

晚上睡前，在橙黃的夜燈下，她說那個遲了好幾天，就知道自己好像懷孕了，只是不確定，太心煩了，她沒告訴他，但情緒都寫在臉上，後來連他的電話也不接。昨天確定了，也還沒告訴他。而外婆會知道，是因為昨晚他跑到外婆家去，跟外公外婆下跪道歉，說他會負責到底。

「真是個笨蛋。」小阿姨雖然嘴上是罵著，但有一抹微笑伴著。

「小阿姨，妳很喜歡他。」

「我是常常抱怨他，但那也是因為在乎他。如果只是一般的喜歡，當朋友就好了，那就不會升級成男女朋友，而因為很愛，現在也想升級成夫妻。」

「嗯……」看著小阿姨輕鬆地講些她跟男朋友的事，懸在我心頭的煩惱可以放下了，我的眼皮也沉重了不少，不知道附和了多少聲「嗯」，漸漸迷糊地睡去。

第十週

利用早自習時間，全班討論著運動會每個競賽項目的代表。

「原則上就是想參加的人參加，或者有能力的人參加，當然，如果有能力又想參加的人，絕對是第一順位。」班長將競賽項目填寫在黑板上，邊寫邊說，「不過，大家要知道，所有參賽成績的加總，占了精神總錦標評分的七成，所以為了班上的榮譽，大家要熱烈參加，甚至推舉有能力的人。」

體育股長看著體育課的各項紀錄，不斷地詢問同學的參賽意願。

「老師有交代，運動會是為了讓每個同學都有參與感，所以大隊接力跟趣味競賽的名單盡量不要重複。」班長補充說明，「至於拔河這個項目，需要的人數幾乎是全班的人數，所以不用參賽的是……」

「班上最瘦小的五個。」體育股長接著班長的話說下去，全班一股躁動，體重這東西對女生而言最敏感了，「安靜，聽我說完，最瘦小五個也是暫訂的而已，如果當天有同學不舒服或受傷之類的，還是會更動。」

我看著黑板，大隊接力，趣味競賽，拔河，個人一百公尺，跳高，跳遠，鉛球……。想起昨晚小阿姨說她考慮了幾天，決定先讀完這學期，然後休學，搬回外婆家，等生完小孩，再繼續唸完研究所，還有會先去登記結婚，之後身材恢復再拍婚紗，再辦喜宴，……

「為什麼大隊接力沒有何宇璇？」

班長的聲音打斷了我的思考，我回過神，體育股長已經在黑板上的大隊接力旁填了二十個名字。

「因為……」體育股長看了講台下一眼，又趕緊翻閱手上的資料，「等等，我看看。」

「我記得體育課時，何同學還跑得滿快的。」班長說。

「喔，對啦！」體育股長點頭，拿起紅色原子筆在資料上畫圈叉，「我再比較一下大家的紀錄。」

「何同學妳可以跑吧？」

「喔。」我回答時，發現體育股長一直在跟講台下某個同學使眼色，那個位子是陳梓玲。

為什麼是陳梓玲？能不能參賽又跟她有關係了？不是陳梓玲還會是誰？她到底喜歡誰？我嘆了一口氣，我實在不想知道為什麼，也不想知道是誰，根本不關我的事。既然不關我的事，怎麼總在我眼前搞些小動作？真讓人心煩。

在班上吃完午餐，我習慣性地到圖書館，坐在熟悉的閱覽室，看福爾摩斯的偵探小說，只有這樣，我才能離開這個時空，喘口氣。這幾天翻開小說，順暢多了，之前因為小阿姨的事，每次翻頁總是忘了之前讀過什麼劇情，有幾次更誇張，已經出現幾章節的人名，我還以為新角色登場，結果這幾頁來來回回翻了兩三次。

「何大宇。」

「嗯。」我應了聲，沒抬頭，因為聽聲音就知道是吳曉倩。

「唉喲，妳怎麼這麼冷漠？」吳曉倩的手又搭上我的肩。

「這裡是圖書館耶。」

「我知道呀！」吳曉倩的手緊勒著我的脖子，「我覺得妳最近好像在躲我。」

「沒。」我應了聲，繼續翻頁。

「沒有嗎？」吳曉倩用力把我的書闔上，我的手就夾在裡面。

「痛！」我把手收回來，小說被闔上了，「啊？」

「一二三頁啦。」吳曉倩說。

「謝了。」我將便條紙塞進第一二三頁，仍不打算抬頭看吳曉倩，因為我始終很在意那天Allen在球賽中撞飛我的那一幕，以及賽後Allen投射過來的眼光。以吳曉倩這樣細心的個性，都知道我在躲她，那她應該也可以察覺到Allen的感受嗎？感受？我覺得這詞用得不好，好像真有什麼情感糾葛，太複雜了。所以，對於她剛剛的問題，我只能含混回答，沒有在躲她。

「沒有嗎？那為什麼練球到一半就跑掉？還有上週有兩次課後社團時間未到？」

「那是因為……」我想上週我在幹嘛？可以生出什麼理由嗎？

「因為家裡事多，需要去接小宇。」

「只是這樣嗎？」吳曉倩將隔壁的椅子拉更靠近我一些，並坐下。

「嗯。」我點點頭，打算再翻開小說繼續看，吳曉倩卻把手壓在小說上。

「妳為什麼都不看我？妳心虛？」

「我……」我的理由都是真的，只是剛好挪用過來敷衍吳曉倩，

「我……，我幹嘛心虛？」

「支支吾吾的。」吳曉倩口氣有點嚴肅。

「我……，我也不想支支吾吾的。」我有點生氣，這一切都很莫名其妙，為什麼跑來質問我這一些，我只想好好看書，暫時離開這個時空，「任何時間點，妳不是應該去找Allen才是嗎？隊員都說妳們在

一起，不只球隊，全校都知道妳們是一對的。」

「妳幹嘛生氣？」吳曉倩瞇著眼笑。

「我當然生氣，我都不知道在這個學校，我是招誰惹誰，我已經退到邊緣了，卻還是一直中箭。」我呼吸有點急促，眼眶有點溼潤，一種好無辜的感覺圍繞著我，刻意睜大眼睛，讓眼眶容積變大，淚水才不會溢出來。

「生氣了，為什麼還要難過？」吳曉倩把我抱進她的懷裡。

「我沒有。」我說完便推開吳曉倩。

「我跟Allen只是很要好的朋友，就是有一些人會造謠，就像我們小時候，第一個男女朋友就只是跟我們比較好的朋友，也可能是班上覺得比較登對的，而那些無關緊要的閑話，讓我們看不清楚真正喜歡的。也因為這些玩笑話，有人被喜歡，也有人被討厭，其實女校也是這樣。或許要真正地從中抽離出來，才知道喜不喜歡。」吳曉倩的臉閃過一點落寞，「現在，我就只是想跟妳成為朋友，一種朋友的喜歡。」

「嗯。」我想再問，那Allen怎麼想呢？但是Allen怎麼想，怎麼會是問吳曉倩呢？

「還在想什麼？」

「沒什麼。」我搖頭，想起剛剛自己的負面情緒，「對不起。」

「女校很複雜吧！」吳曉倩說得很小聲，我卻聽得很清楚。

午睡鐘聲響起，這一局就如同吳曉倩說的那麼簡單，一種成為朋友的喜歡。是呀，這樣想，單純多了，像林承恩也是這樣的朋友。

第十一週

小阿姨這週末回外婆家，聽說男方家長要來提親，先談論訂婚的事。老媽也要回外婆家幫忙，老爸則是整天要加班。等等，那何小宇呢？

「何小宇起床後，叫他吃早餐，然後寫作業，中午你們去買便當吃，下午……」老媽出門前叮嚀著，「我大概晚上五六點回來，如果遲了，你們先買晚餐吃。」

我總覺得隨著我年齡的增長，老媽越來越安心把何小宇託付給我，最初頂多是老媽要去一下菜市場，或者跑一趟銀行，要我看顧一下何小宇，不會超過一兩個小時。後來，逐漸累加，寒暑假變成三四小時，到現在都是半天全天了。我的耐性被何小宇磨到快麻痺了，但還是覺得他煩，一點都不可愛。

就這樣，從爸媽很安心地出門後，我打開電視，忘了轉到哪一台，想著這漫長的一天，便開始發呆。

「何大宇，媽呢？」

「媽昨晚不是有跟你說過，要回外婆家幫忙嗎？」我回過神來，看到何小宇，我又一陣頭痛，「快去吃早餐。」

「喔。」何小宇咬了一口三明治，「吃完早餐要幹嘛？」

「寫作業。」

「我跟妳說，我在安親班都寫完了。」

「不會吧！」聽何小宇這樣一說，我想糟糕了，那原本寫作業的時間不就空下來了？太可怕了，那要做什麼？週休二日老師怎麼不多交代一些功課？

「真的。」何小宇又咬了一口三明治。

三明治像是我的倒數時鐘，在它被完全解決掉時，我要先有個好提議，不然會被何小宇煩死，再不然就得接受他的提議，七八成會是去活動中心溜滑梯，我才不要站在一堆婆婆媽媽之間，聽著街坊鄰居的八卦，然後像站衛兵一樣看著自己的弟弟。

「那……」我腦袋快速轉著，圖書館借書嗎？我不要跟他去幼兒繪本區。租神奇寶貝劇場版回家看？這好像不錯，我可以晾在一旁繼續發呆。我看著何小宇手上的三明治一口接一口，可惡，平時要上學，也沒吃這麼快。

「還是我們……」何小宇最後一口塞進嘴巴。

「你先吃下去再說，不然會噎到。」我趕緊制止他，「我看我們去……」

「我們去找承恩哥哥來家裡打SWITCH。」何小宇打斷我的話。

「不要老是麻煩人家啦。」我雖是這麼說著，但心裡卻是認同這個提議，因為林承恩要是來了，我也可以晾在一旁，看自己的書，做自己的事。

「哪會？承恩哥哥說過我隨時都可以找他玩。」何小宇眼睛賊賊地看著我，「而且妳自己也常和承恩哥哥打球呀！」

「你……。」我無法接話，何小宇這小子講話越來越機靈，而且還滿有道理的。

「何大宇，妳是不是很討厭我？」

「啥？」我的腦筋有點卡住，前一秒跟後一秒的話題也差太多了吧！就像月考時，國文老師來監考，然後發數學考卷，在拿到考卷時，我都會愣個兩三秒。

「妳是不是很討厭我？」何小宇說得很平靜，彷彿這是道很簡單的是非題。

「我……」

「一定是這樣。」

「喂！你幹嘛還自己下結論？」我有點不爽，哪有人自己問人家問題，然後自己下結論，壞人都讓我當就是了。

「因為每次妳都嫌我煩，然後又臭臉給我看，還會罵我。」

「是這樣沒錯。」我點頭承認，「但你也不能這樣問我啊，太直接了吧！」

「直接是什麼？」

「直接就是，你明明知道我討厭你，但也不能面對面就問我，為什麼討厭你。」我心裡閃過一個瘦小的人影，那個人一直很討厭我？

「為什麼不行？那我怎麼知道妳為什麼討厭我？」何小宇緊接著問。

「這樣沒禮貌，應該要旁敲側擊。」

「敲什麼擊什麼，妳討厭我就有禮貌嗎？那我敲擊出來為什麼時，我還是要問妳為什麼討厭我。」

「嘶……」我深深吸了一口氣，怎麼這麼多為什麼，我的腦袋快當機了，所以我討厭何小宇嗎？

「為什麼？」何小宇盯著我看。

「我沒有討厭你。」我靜下心來，一字一字慢慢地說，「我只是覺得你很煩，什麼小事情都要人陪，還有一堆為什麼，一直問個不停。」

「不能陪，不能問嗎？」

「也不是啦！」我講完那些話，又再度陷入深思，誰小時候不是這樣，那為什麼我覺得何小宇太煩人。其實他對我的影響也還好，因為陪伴他、回答他的人都是老媽居多。大部分的時間都是老媽在應付他，而我居然在其餘瑣碎的時間裡還挑剔他，嫌他煩，那我是怎麼了？是嫉妒他嗎？

「所以我要怎樣？」何小宇等不及又問，「妳說說看呀。」

「反正我沒有討厭你啦。」我揮揮手不想再談這個話題，「我們去林承恩他家打電動吧！」

「好呀。」

何小宇很滿意這個提議，而我卻還陷在他剛剛的問題裡，那個瘦小的人影又出現在我腦海中。我知道是她，陳梓玲。因為嫉妒，所以討厭嗎？既然如此，我要直接問嗎？如果不問，不只我在被討厭的泥沼裡爬不出來，她也很可能在那嫉妒的深淵喘不過氣。

第十二週

我穿著制服裙子，裙子裡面還有件運動短褲，動作十分彆扭地走出校門。我想著，等一下要到附近的超商廁所把制服裙子脫掉，穿短褲走回家比較自在。真搞不懂學校有六七成的學姊或同學，每天在穿脫這件制服裙子，就算最後一節課是體育課，或者體育性質的社團活動，要出校門一定要套上制服裙子。

為了維護學校優良的傳統和校風，每天得在這制服裙子上浪費幾分鐘，而且穿脫之餘，一不小心沒繡學號的制服裙子就沒了主人。體育館和操場隨便都可以撿到那件制服裙子，而它一直是失物排行榜上的第一名，學姊們還常開玩笑，制服裙子不見了，不用買，去失物招領區，一定可以挑到一件合身的。

如果說要升旗開週會，或者禮堂有重大典禮之類，為了該有的形象，硬性規定穿上制服裙子，那沒話說，但是平常上下課，進出校門還得嚴格控管，感覺真沒有自由。

我在超商廁所一邊脫下制服裙子，一邊抱怨那些不成文卻又得遵守的規定。我將制服裙子塞進書包，走出廁所。

「何大宇。」小阿姨咧開嘴大笑，「又把裙子脫掉了。」

「怎樣？放學了不能脫掉嗎？」我有點訝異小阿姨怎麼會在這裡，「妳跟蹤我？」

「嘿嘿。」小阿姨一手勾搭在我的肩膀上。

「妳也沒有很高嘛！」我發現今天的小阿姨好像跟我差不多高，可是之前明明感覺至少相差六七公分以上，我低頭看了一下小阿姨的鞋，「居然穿平底鞋，真難得，沒穿高跟鞋。」

「什麼真難得？孕婦不能跌倒呢，還是注意一下比較好，而且聽說之後腳還會水腫。」小阿姨嘟著嘴，「還有說不定會孕吐。」

「玉兔？嫦娥奔月那隻？」

「不是啦！懷孕時聞到什麼味道或吃到什麼食物，有時會想嘔吐，或真的就吐了。」

「喔，就像電視上演的那樣，真是辛苦了。」我稍微點點頭，說實在的，我沒有很想瞭解這些懷孕的細節，我比較想知道小阿姨是來堵我的嗎？為什麼？

「妳很敷衍耶！」

「妳看得出來喔？對不起啦！那個人生經驗的課程離我太遙遠了，我沒有興趣。」我搔著頭，「妳找我做什麼？」

「妳陪我去產檢。」

「喔。」我反射性地應了聲，去產檢？等等，「不對呀，這種事不是應該是妳的丈夫，孩子的爸，陪妳去的。」

「我又沒去過，妳先陪我去看看，知道什麼情況後，下次再找他去。」

「不是呀！那妳也應該找我媽妳姊，或者妳媽我外婆去，兩個年輕女生去，很怪。」我覺得我的拒絕很明顯了，但小阿姨有時候真的很盧，明明是個大人，卻像個小孩一樣使性子，我媽怎麼有她這麼煩人的妹妹？

「多元成家不行嗎？」

「啥？」我腦筋一時轉不過來，「多元成家不是不行，而是……，等等，又關多元成家什麼事？」

「走啦，孕婦想要妳陪嘛。」小阿姨拖著我走。

果然，兩個年輕女生坐在婦產科候診很奇怪，別人都是丈夫陪著，不然就是婆婆媽媽相伴，就算隻身一人也不足為奇，偏偏就我跟小阿姨這樣的組合最顯眼。

「妳心裡在嘀咕什麼？偷罵孕婦嗎？」小阿姨斜眼看我。

「沒有。」我說完，馬上閉嘴，孕婦太強大了，我不能惹她不開心。

等了三十多分鐘，終於輪到小阿姨了，我原本想跟她揮手，喊聲加油，目送她進診間，結果她一站起來，就拽著我，一起向診間邁進。

當婦產科醫生在問小阿姨事情時，我打量這周遭，笑容和藹的白袍女醫師，桌上有台電腦以及滿滿的媽媽手冊夾著病例單，有面書牆，多是英文書，整體感覺跟何小宇去過的小兒科也差不多。

「大宇，走啦！」小阿姨站起來，拉一下我的袖子。

「喔。」我本能地要往回走向門。

「這邊啦。」

有個護士帶著小阿姨往裡面走，我趕緊跟著。

小阿姨躺在一張床上，眼前床上方四十五度角有一台螢幕，另外床邊立著一台有螢幕的儀器。護士阿姨幫小阿姨的衣服反摺，露出大半個肚皮，並擠一些膠狀物質在肚皮上，然後關燈。

「我們用超音波來看小寶寶。」婦產科醫師坐在床邊，手拿著方塊狀的東西在小阿姨肚皮滑來滑去。

原來那台有螢幕的儀器就是傳說中的超音波，我和小阿姨睜大眼睛，盯著床上那台螢幕，努力地想從那黑白畫面看出一點端倪，小寶

寶在哪？

「這是小寶寶的心跳。」

那黑白畫面中，有個箭頭指向一個小跳動。

「來聽聽小寶寶的心跳。」

突然間，一個噗通噗通的聲音衝出，占滿這個空間後，溜進我的耳朵，敲著我的心門。

噗通噗通，……

我走出診間，我走在回家的路上，都好像還聽到那個聲音。

「很神奇吧！」小阿姨說。

「嗯。」我想是很神奇，然後小寶寶在肚子裡慢慢長大，然後就像何小宇一樣哇哇大哭地出生，之後真的是夢魘，「嘶……」

「想到什麼？」

「很煩人的何小宇，出生之後又是屎又是尿，媽媽抱著他還好，一放下來就哭，學走路時，老是在我旁邊跌倒，害我被罵，要照顧他，還要陪他玩，會講話後又愛問問題，煩死了。」我看著小阿姨的肚子，又一個小惡魔了，「唉，老媽整天都應付他就好了。」

「妳懂很多嘛！」小阿姨笑著，「大家不都是這樣長大的嗎？」

「嗯。」我想起何小宇問我的，不能問嗎？不能陪嗎？也不是不能，總覺得有點失落。

「妳知道嗎？我很羨慕排行老大的孩子，像妳媽，還有妳。」小阿姨一定看到我一臉疑惑。

「啥？」拜託呀！我才羨慕他們這些排老么的，像她，像何小宇。

「因為妳們在第一時間，完全擁有父母的愛，那時父母的眼裡就只有妳們，之後我們出生了，妳們生氣，覺得失寵了，但是妳知道嗎？就算在那個時候出生的我們，父母對我們的愛也不再是百分百，因為父母還是愛妳們的。」

「愛根本就不會公平。」我喃喃地說。

「沒錯，但是要看妳怎麼想。」小阿姨歪著頭似乎在想事情，「妳知道嗎？妳出生時不自己喝奶，妳媽媽幾小時就要用擠奶器，把母奶擠出來，裝在奶瓶，讓妳能喝到母奶，到了何小宇，他會自己喝母奶，但他就不肯斷奶，一直喝到三歲。」

「嗯。」我見證過何小宇到三歲才斷奶，卻沒聽過我小時候的事，有時候我甚至懷疑，是不是何小宇把我的小時候都抹滅了。

「愛沒有辦法衡量，無法等質等量地給予，但不能因此就懷疑。」小阿姨說。

「知道啦！吼，當媽的都要這樣嗎？」我假裝抗議著，「小寶寶還沒出生，就先念我當練習喔。」

我知道，我當然懂，因為爸爸媽媽一直以來就覺得我很可靠，很成熟，但是有時候對愛吃醋的感覺，還是會像青春痘一樣冒出頭來嘲笑我。

第十三週

因為參加大隊接力，利用下課時間，跟同學練習接棒動作，感覺有從邊緣被拉近一點點，雖然她們還是都叫我「何同學」，但語調比之前單純禮貌性的稱呼親切許多，對此我很感謝班長，還好她很公正，讓我有重新被認識的機會。

「喂！打球還發呆？」

我的思緒被打斷，拿在手上的籃球被撥掉，是林承恩，「吼。」

「喂！妳最近很奇怪。」林承恩撿起籃球，運球到我旁邊，「前陣子來打球的時間都不固定，找妳Play，總是一副要打不打的樣子。剛剛發呆，還傻笑？我都不知道是不是我的眼睛有問題。」

「就你最正常，話還是一樣多。」我看林承恩膝蓋微蹲，他要投籃了，我跟他一起跳起來，準備給他一個大火鍋。

就在我們同時起跳的瞬間，那一兩秒的落差，林承恩居然比我高出十幾公分，我的右手撲空。等我們站穩地面時，我發現這短短幾週，他又長高了。

「怎樣？想蓋我火鍋。」林承恩的微笑不討人厭，但我卻不服氣。

「不公平，你現在身高幾公分？」我一百六十七公分，以現在我看林承恩的仰角……

「我現在喔。」林承恩伸出手從我的頭頂高度比畫到他的下巴，

「妳一六七，所以我……」

「喂，你的手比到哪去？我怎麼會在你下巴，哪有那麼矮？」我

抗議著，我應該至少還有在林承恩的眉梢，「不過，你怎麼那麼清楚我的身高，一百六十七呀？」

「就……」林承恩愣了一下，連手運球的動作都停掉，籃球沒有外力拍打，彈跳的高度大降，「就……就對於要達到或打敗的目標，不是都要很清楚嗎？」

「是這樣，沒錯。」我點點頭，達到或打敗，「所以，我是你的假想敵？」

「我沒有這樣說，是妳自己說的喔！」林承恩撿起停在地上的籃球。

林承恩又笑了，奇怪，我國小六年的記憶裡，他是話多了點，但沒這麼愛笑，「喂喂，你最近有什麼好事呀？」

「什麼好事？」

「看你笑得合不攏嘴。」

「哪有？是妳才有事，打球不是發呆，就是心不在焉。」林承恩又開始運球，「新環境還沒適應嗎？」

「可能吧！看你的樣子，國中生活適應得很好喔。」我壓低身體，伸手將球抄截，換我運球。

「不就是上課讀書，下課打球。」

「哪有那麼輕鬆？單細胞生物。」

「什麼單細胞生物？妳現在就進化了，比較高級了嗎？多細胞生物，要不要來比一場？」林承恩伸手要拍掉我的籃球，我改變運球的速度，他拍到我的手，「啊，打手，對不起。」

「沒關係。」我往罰球線走，想說秀球看誰進決定誰先攻，一轉身林承恩還沒跟上，「喂喂，發什麼呆，不是要打一場？」

五比五，最後一分，我要帶球上籃的同時，林承恩緊追在後。我在想要不要做個假動作，他一定在等時機賞我一個火鍋。當我第二步起跳時，我發現他沒跟上，反而跑向場外，於是我在騰空中的第三步，順手將籃球輕推進籃框。

六比五，我贏了。我撿起球時，林承恩拿著外套跑過來，順勢拉著外套的長袖子，將整件外套綁在我腰際。

「幹嘛？」我嚇了一跳，林承恩這個舉動是什麼意思，該不會是我褲子破了？

「妳的褲子好像沾到……」

林承恩越說越小聲，最後兩個字根本就是氣音，雖然如此，最後那兩個字對我而言，根本像是原子彈轟炸過來。

月經。我像是被貼符的殭屍，一動也不動，只剩腦袋打轉著，今天是幾號，那個來了。

「沒關係，這樣遮起來看不到了，如果妳還擔心，我走在妳後面。」林承恩從我手上拿過球，「先回家吧！」

「喔。」我回答著，嘴巴好乾，氣氛也是。

「走吧！」林承恩拉起我的手。

「喂，我自己走就好了。」我縮手，小步地往前走。

「也對，又不是腳受傷要人扶。」林承恩搔著頭，「妳別尷尬，就當作，褲子破掉，打球難免嘛。」

「都很糗，好嗎？」我小聲地抗議著，加快腳步，卻不敢邁開步伐。

「又沒有人知道。」林承恩跟在我身後一步的距離。

「就你知道。」我想，應該轉移話題，不要一直在這個點上打轉，說點什麼好，聊小阿姨懷孕，感覺不妥，聊我在女校的事，不關林承恩的事。

我想我應該找些我們都知道的人物或話題。

「我什麼都嘛知道。」

「你……」我白了林承恩一眼，既然你什麼都知道，那我問個難一點的，「那你知道陳梓玲喜歡誰嗎？」

「陳……陳梓玲。」林承恩輕咳了一聲。

「你感冒喔？」想到林承恩的外套繫在我腰上，有點不好意思。

「不是啦！就喉嚨癢。」林承恩又咳了一聲，「幹嘛提到她？」

「你不是說你什麼都知道，那你應該知道她喜歡誰？」雖然我很想像何小宇一樣直接出擊去問陳梓玲，但在這之前能有些額外的情報也是不錯的。

「我……」

不知道是有點風，還是林承恩走在我後面，他的音量有點小。

「你什麼你？你到底知不知道？」我停下腳步，想聽清楚，下一秒，林承恩撞上我。

「妳幹嘛停下來？有沒有怎樣？」

「哪會怎樣？我沒那麼弱小。」我轉身看著林承恩微緊張的神情，而垂下的手剛好摸到繫在腰間的外套，「我好像知道了，該不會是……」

「她……她只不過……就……寫過卡片給我。」林承恩講話結巴了。

「你在解釋嗎？」我想的沒錯，陳梓玲喜歡的是林承恩，那她為什麼討厭我？班長問過我，我搶了她喜歡的男生嗎？我繼續往回家的方向走，「原來如此。」

「妳幹嘛那麼嚴肅？妳生氣嗎？」林承恩在後頭問。

「沒有。」這根本不是旁敲側擊，是一擊斃命，既然這樣，把誤會解釋開了，就好了，「我快到家了，等等外套拿去你家還你。」

「妳不生氣嗎？」

「我幹嘛要生氣？」我不懂林承恩到底在問什麼，那我是要生氣還是不要生氣？問題是我幹嘛要生氣？我感謝他都來不及了，「謝了。」

我關上家門，林承恩在門口呆站兩三秒才走回去。真不曉得他在失落什麼？還是外套要洗乾淨再還他？好像應該這樣，比較有禮貌。

第十四週

這一週我積極地尋找可以跟陳梓玲講話的時間點，但是我們的交集太少，連刻意要擦身而過的機會都很渺茫。

運動會這天，我起了個早，精神百倍，有種做什麼事都會成功的感覺，而且整天的競賽活動行程，不用待在教室，所以只要堵到陳梓玲，應該就可以把誤會解開了。

跑完大隊接力，比照各組積分，班上得到第二名，同學之間的氛圍更團結融洽。想到賽跑時同學幫我加油，我也爭氣地追過兩個隔壁班同學，而離開跑道休息時，同學看似特地過來跟我打招呼，雖然還是叫我何同學，但是有種習慣後的親近感，有的誇讚我很會跑，有的問我狀況還好嗎。聽到這些問候，我好感動。

趁著空檔，我回教室喝水。

我一進教室，全身近乎沸騰的熱血瞬間冷卻，陳梓玲也在裡面。這是很詭異的一幕，像是為我精心打造的，這個舞台上，除了我跟她，沒有別人。

陳梓玲抬頭看了我一眼，知道是我，她下意識地要走出教室。

「陳梓玲。」我馬上叫住了陳梓玲，因為我準備了很久，終於等到這個機會，如果就這麼錯過了，以後應該都不會提及。

陳梓玲停下腳步，但沒有轉過身來。

「陳梓玲。」我再叫一次她的名字，並走到她面前，讓她確定是我叫了她。

「什麼事嗎？」陳梓玲的表情很冷淡，她的聲音不帶任何情感。

「我……我想我們是不是有什麼誤會？」雖然我在腦海中演練上百次開場白，但要說出口，還是有點緊張。

「能有什麼誤會？」

陳梓玲看著我，那眼神空洞又無奈，裡頭像是躲藏著什麼。我知道，是一隻誤會我討厭我的野獸。

「我知道妳喜歡林承恩。」我說著，陳梓玲沒有出聲，「但妳也不能因為這樣，就說我……，就說我搶妳喜歡的男生。」

「不是嗎？」

「當然不是，我跟林承恩只是朋友，頂多常一起打球而已，妳怎麼可以說……」

「那妳知道林承恩喜歡誰嗎？」陳梓玲打斷我的話。

這個突發狀況不在我的劇本裡，我們現在要討論的是妳我之間的

誤會，妳喜歡誰，我沒有搶了他。現在又丟出一個問題，他喜歡誰，我怎麼知道？我一頭霧水，怎麼這麼複雜，「林承恩喜歡誰？」

「妳。」陳梓玲這個字像把重槌敲在我頭上，她說完，順勢要走出教室，完全不留任何餘地給我。

「我……，欸，妳……」我想拉住陳梓玲，這一切還沒說清楚。陳梓玲撥開我的手，我的重心沒抓穩，腳踝拐了一下，我趕緊扶著身旁的桌子。

陳梓玲連頭也沒回走出教室。

一股腫脹濁熱感從我腳踝慢慢傳達上來，我趕緊拉了一旁的椅子坐下。

「陳梓玲怎麼了？」班長走進教室來，一看到我，趕緊走到我身邊，「何同學，妳怎麼了？」

「我沒事。」我好不容易吐出幾個字，「我坐一下就好了。」

我的臉色應該很差，極有可能是慘白的，因為班長眉頭都皺在一起。

「妳這樣，下午的拔河比……」

「我沒事。」我想著可以替換的人，不行，我跟她們的體型差太多，如果替換了，對班上很不利，只剩兩場比賽，四強賽，如果贏了就是冠亞軍賽。

「那……妳先休息，要比賽時，我再問妳。」

「嗯。」

班長離開後，我跛著走回自己的位置，這樣就算有同學進來，也不會覺得奇怪。我趴在桌上，迷迷糊糊地想著陳梓玲最後的話，「林承恩喜歡的是誰？妳。」

怎麼可能？跟何小宇一樣胡鬧。怎麼可能？林承恩又沒說過。我快要睡著時，痛的感覺又將我拉回現實。

「運動會耶，妳怎麼在這裡睡覺？」是吳曉倩的聲音，我抬頭試圖擠出一點笑容，「就睡一下。」

「妳怎麼了？妳很不舒服嗎？哪裡不舒服？我去叫人來。」

「我沒事，腳稍微扭到。」我擦掉額頭冒出的汗，「妳可以扶我去操場嗎？下午要比賽。」

「發神經喔！妳這樣怎麼比賽？」

「可以的，妳現在扶我過去，休息一下，我就可以走了，就可以比賽了。」我看著吳曉倩，「拜託，我好不容易跟班上同學熟一點了，我不能在這裡放手。」

就在午休時間，吳曉倩攙扶著我，走在人少的路上，到操場角落等候下午的比賽。吳曉倩丟下我，往回跑，我原本以為她生氣了，結果她拿了冷卻噴霧劑來給我。

「Allen她們打球扭到腳時，都先用這個救急，妳試試看。」

「謝謝。」我跟吳曉倩道謝。

「妳確定要比賽嗎？」吳曉倩再次問我。

「妳確定要比賽嗎？」班長在賽前也特地過來問我。

「嗯，沒問題。」不知道是休息的關係，還是冷卻噴霧劑的效果，我站著，原地踏了兩步給她們看。

比賽哨音響起。

「殺殺殺，一二，殺，一二，殺。」

哨音再次響起時，紅布條明顯偏向我們班。我們進入冠亞軍賽了，大家互相擊掌，跳起來歡呼。

我鬆了一口氣，看著旁邊沒有參加拔河比賽的陳梓玲，她也正看著我。

陳梓玲一步步走近我，她的眼神不再空洞，眼眸很清晰，裡面有個我正慢動作摔倒在地上。而我眼裡的她，慌張地伸手出來想接住我。

「幫我出賽。」我發現連站起來都有些吃力，抓住陳梓玲的手。

我被送到保健室，一路上被吳曉倩碎念，我只好趕她回操場幫我注意班上的賽事，然後又換護士阿姨接力碎念。

「等等，妳爸媽會來帶妳去看醫生。」護士阿姨拿了冰袋給我，「先冰敷。」

「我沒事啦！我爸加班，我媽要顧我弟，我……」

「已經通知了。」

「吼。」我小聲地抗議著，心想既然這樣，應該直接聯絡小阿姨才是，也不對，小阿姨懷孕了，沒事也不要到醫院才好，那我就自己去看醫生就好了，幹嘛還聯絡爸媽，……

「何大宇是怎麼了？」

我閉著眼睛休息，聽到一個熟悉的聲音，差點跳起來，保健室怎麼會有老媽的聲音？轉頭一看，老媽正要走進保健室。

「沒事啦。」我有點吃驚，才不過十幾分鐘，老媽怎麼來了，更驚訝的是，老爸也跟在後頭走進保健室。

「腳踝腫這麼大，還說沒事，怎麼這麼不小心？還有沒有哪裡受傷？可以走嗎？」

「唉呦。」我想我又不是何小宇，怎麼一直被念啦。

「先去看醫生。」老爸走過來，攙扶著我下床，一手撐著我的腋

下，一手牽著我。

「喔。」我小聲回應著，鼻頭有點酸，眼眶有點潮溼，老爸的大手用力緊握著我的手，一步步慢慢地陪我移動腳步。我的眼角瞄了一眼老爸，他看起來神色凝重，應該很擔心吧！

而老媽一直在說話，其實還在念我，不論從保健室走出來，還是校門口，甚至到了醫院，當然還有回家後。直到何小宇來問我腳是不是很痛，老媽才轉移了注意力，問何小宇要考的字詞背了沒？問老爸還要回公司加班嗎？

運動會結束了。陳梓玲打電話來跟我說，拔河贏得了冠軍。我有點訝異她的來電，然後，她也沒再多說什麼，連再見都沒說就掛了電話。

隔天

一早起來，我看著我的腳踝，明明只是扭傷，卻包紮的跟腳斷掉一樣，足足有三倍大，有這麼誇張嗎？

「妳還笑得出來？」小阿姨拿了包子跟豆漿進房門，「妳的，妳媽叫妳在房間吃早餐就好，不要下樓，多休息。」

「謝了。」

「真是嚇人，我是孕婦耶。」

「對不起啦！沒想那麼多。」我跟小阿姨抱歉，「還麻煩妳照顧小宇。」

「小宇長大了，已經懂事很多，一聽到妳受傷，他也很擔心。」

小阿姨整理小背包，「等等我要出門，妳好好休息。」

小阿姨出門後，何小宇來敲門，他說老媽要出門買菜，要他照顧我。

「是喔。」我冷笑一聲，還沒回答何小宇，他又一溜煙不見了，連房門都沒幫我關上。

不久，何小宇又跑上樓，敲我房門，要我下樓去。

「幹嘛下樓？」我跳著走樓梯。

「因為我找承恩哥哥來，我們一起打電動，這樣妳才不會無聊。」

「啥？」我聽到林承恩來了，不由地停下腳步，「我腳有點痛，我想……」

「不然我叫承恩哥哥把電動搬到妳房間。」

「不行。」我趕緊制止何小宇，雖然何小宇想打電動，但他也是怕我無聊，想陪我，只是昨天知道林承恩喜歡誰後，心裡長出了一些疙瘩。

「為什麼不行？」

「我房間很亂，而且也是小阿姨的房間，這樣不方便。」

「喔，那妳下來。」何小宇眼巴巴望著我，「承恩哥哥很擔心妳的腳，好啦，一下下就好。」

「好啦，煩死了。」我接著又一步步單腳跳下樓。

「何大宇妳怎麼搞成這樣？」

當我跳到一樓時，林承恩趕緊過來伸手要扶我。

「沒事啦！」為了避開林承恩，我故意挨到何小宇身旁，靠著何小宇那一百公分高的肩膀當枴杖。

FAC

「沒事啦！」何小宇挺直身體，「何大宇是鐵打的，幾天就好了。」

我本來想說打個招呼就可以躲回房間，可是何小宇這個不盡責的枴杖卻把我往客廳帶，害我只能杵在客廳沙發，看何小宇跟林承恩打電動。

「承恩哥哥，你今天很弱耶，害我一直贏。」何小宇賊笑，瞇得眼睛都成一直線了。

「何小宇，什麼叫害我一直贏？用詞很怪。」我忍不住白眼，不過說真的，林承恩今天打電動一直失誤，連我都要看不下去了，本來想叫他讓開，讓我打，才剛要開口，老媽回來了。

「妳姊受傷要多休息，還打電動，……」老媽手上一包一包的魚肉菜，還沒拿進廚房，就開始念了

「腳受傷，又不是手受傷。」何小宇嘀咕著。

「何媽不好意思，我這就收一收。」林承恩收拾完帶來的電動玩具，就跟我們道別回家去了。

我一整天就這樣耗在客廳沙發上，突然覺得頭髮有點癢，想想昨天該洗頭，結果腳包成這樣，怕沾溼不僅沒洗頭連身體都只是擦澡。既然今天時間多，不如來慢慢洗個頭。

我才從沙發站起來，連一步都還沒跨出去，老媽馬上過來問我要做什麼。我說我要洗頭，老媽說她要幫我洗。

「腳受傷，又不是手受傷。」我學何小宇嘀咕著。

這個年紀，讓老媽幫我洗頭，真不好意思。然後老媽又順手拿了吹風機，幫我吹頭髮。

「頭髮短短的，跟妳小時候一樣。」老媽一手撥著我的頭髮說。

「小時候?我不是一直是長頭髮嗎?」我有點混亂，有記憶以來，我的頭髮都是過肩的長度，而且還都是我自己在綁的。

「妳五歲前都是短頭髮，因為媽媽真的不會綁頭髮。有一次妳跟我去髮廊，坐在一旁，等我燙頭髮，回家後，妳居然自己綁辮子，超厲害的，問妳怎麼會，妳說看著設計師在弄別人的頭髮，就會了。」老媽關上吹風機，幫我梳頭，「後來，問妳要不要剪短頭髮，妳都說不要，妳要自己綁頭髮。」

「是喔。」我想原來如此，因為那個時候被稱讚的成就感，所以我一直留著長頭髮，像是一種榮耀，多少應該也是害怕目光轉移到弟弟的媽媽會看不到自己。

「好了。」老媽拍拍我的肩膀。

我坐回沙發，剪短髮後，第一次覺得這麼清爽。

第十五週

上學後，雖然腳踝不用包紮，但是還得戴著護具一陣子，而且老媽板著臉警告我，「一個月不准打籃球」，連站著投球也不行。唉喲，這樣是要我全身關節生鏽嗎？太狠了。

想不到腳受傷的不便，卻拉近了我跟班上同學的距離，到別的教室上課時，她們會注意我有沒有跟上。下課有同學要去合作社，也會問我要不要順便幫我買什麼。

至於陳梓玲的態度和緩許多，不過不知道是不是我的錯覺，班上的向心力將我往內拉時，而她好像被一股離心力往外甩。

「何同學，等等美術課，美術教室有點遠，我有先跟老師說妳的狀況，我陪妳慢慢走。」班長走到我的位置旁。

「沒那麼誇張，十分鐘走得到美術教室啦。」我走路姿勢跟速度已經恢復很多了，但同學還是把我當傷殘人士看待。

我們走向美術教室，班長走路速度刻意放慢許多。

「那天拔河比賽，還好妳有參加第一場，那一場太驚險了，僵持到秒數結束，還好贏那麼一點點。」班長說，「後來冠亞軍賽，反而很容易，秒數還沒到，我們就拉著十班跑了，哈，妳應該要親眼看看，真的很經典。」

「我只知道有贏，陳梓玲有打電話跟我說，至於細節，沒有知道得那麼清楚。」

「陳梓玲跟妳說的？」班長有點訝異。

「對呀。」

「喔。」班長安靜了兩三秒沒說話，「妳腳消腫了嗎？」

「有呀。」我覺得班長在轉移話題，「最近，班上還有什麼事嗎？」

「就有同學說，妳的腳是陳梓玲害……。」班長突然提高音量，「哎！等等，先澄清，不是我說的，雖然我看到她走出去教室，然後妳受傷在教室裡，但我沒那麼無聊。」

「我知道妳沒那麼無聊。」我想原來那股離心力是這樣，但是這是意外，陳梓玲不應該為此承擔。

「其實這也是可以想像的，她之前說那麼多妳的壞話，現在只是被那股浪潮反撲而已。」班長拍拍我的肩，「別理她。」

「是嗎？」

美術教室的座位自由入座，看當天的心情，看彼此的交情，愛坐哪個位置，就坐哪個位置。美術老師常說作品記得交上來就好，就算把課桌椅搬到走廊去坐，她也沒有意見。

我一直以來，因為被邊緣化，角落那個位置從來沒人跟我搶。可是我今天一進門，座位已剩下沒幾個，而且那個位置已經被人坐走了，是陳梓玲。班長見狀，拉了我的袖子，要我跟她去坐前面的座位。

我直接朝角落那個位置走去，班長愣了一下，趕緊跟上我。

「喂，何同學，要上課了。」班長再度拍了一下我的肩膀。

陳梓玲旁邊還有空位，我走過去，拉開椅子，坐下。

「幹嘛？」陳梓玲抬頭，一臉疑惑。

「我要告訴妳，妳沒說之前，我真的不知道林承恩喜歡的是誰，如果妳喜歡他，妳應該極力去爭取，而不是製造我們之間的誤會。」

「何同學，快上課了。」班長僵在我跟陳梓玲中間。

「還有，我的腳是意外，是我自己不小心弄傷的，跟妳一點關係也沒有。」我將話說得極大聲，讓全班同學都可以聽到，「謝謝妳替我，在冠軍賽出一份力。」

上課鐘聲響起，班長回到前面的座位，陳梓玲撇過頭不說話。看著她微微顫抖身體，是在哭嗎？現在哭一哭也好，被邊緣一兩個月，連哭都哭不出來，才痛苦。

放學後，班長說要陪我走到校門口，我只好打消想繞到籃球場看看的念頭。

「美術課是怎樣？也不先通知一聲，我還以為妳要開扁她。」班長嘖了一聲，「害我捏一把冷汗。」

「我沒那麼無聊。」我搔著頭說。

「不過何同學妳這個人真的很神奇。」

「神奇？」

「是呀！說實在的，我還滿喜歡妳的。」班長說著，還挑眉一下。

「喂！我現在還滿怕有人喜歡我的。」我苦笑著，沒想到班長現在也會挖苦我了。

「是呀！聽說有個學姊也很喜歡妳。」班長指著遠方，「我先閃了，掰。」

「啥？」我順著班長剛剛手指的方向看過去，原本以為是吳曉倩，可是看起來是陳梓玲，「陳梓玲就陳梓玲，班長幹嘛閃人？」

「何同學。」陳梓玲走過來，叫了我一聲。

「妳怎麼跟她們一樣叫我何同學？」我有點不習慣，畢竟陳梓玲是國小同學，雖然她不常叫我，但國小同學幾乎都叫我何大宇，「妳好一點了嗎？」

「嗯。」陳梓玲點點頭，「謝謝妳幫我澄清。」

「那又沒什麼。」我繼續走著。

陳梓玲為了配合養傷中的我，放慢腳步，但兩個人走在一起，一句話也不說，整體的氣氛超級尷尬。

「那個……」

「那個……」我跟陳梓玲同時開口，「還是妳先說，什麼事嗎？」

「之前的事，我很抱歉。」陳梓玲每個字說都得清楚，不改先前敢愛敢恨的作風。

「之前的事都過了，過了就算了。」我想，能在班上不被排擠，已經是最好的結果，最近這幾週就像平凡且正常的國中生活。

「不能算了，還沒過去。」

「啥？」我心頭一驚，陳梓玲這句「不能算了」是怎樣。

「林承恩還找妳打球嗎？」

「嗯。」這也不是什麼獨家新聞了，國小同學幾乎都知道。

「那妳怎麼面對他？現在妳知道他喜歡的是妳。」

「這……」我腳踝的疼痛瞬間飆到太陽穴，腦袋一片空白，其實那天聽到老媽警告我一個月不准打籃球，除了有點無奈，還多了些僥倖，因為這樣可以暫時把一個惱人的問題拋到腦後。

「妳要怎麼面對他？」陳梓玲這句話像背後靈一樣，纏著我，就算回到家，躺在床上，蓋上棉被，它還在。

「妳要怎麼面對我？」林承恩問。

「你才要怎麼面對我？」我生氣了，踢開了棉被，才發現天還沒亮，只好把棉被拉回身上，繼續倒頭大睡。

第十六週

現在最讓我緊張頭痛的時間點，就是回家的路上，我好怕遇到林承恩。於是就算不能打籃球，社團時間我仍待在籃球場邊，看隊員們練球，直到最後一分一秒，太陽下山，天色昏暗，然後在吃晚餐前一刻趕回家。

我知道我很鴕鳥，但沒辦法，關於這道愛情的習題，太難了。真的算是愛情嗎？其實我還是想把這問題歸類在友情的範圍裡。

「學妹，小心。」Allen叫了我一聲。

「喔。」我回過神，發現籃球正從我旁邊飛過，差幾公分就砸到我身上。

「學妹，對不起。」Allen過來撿球，「妳腳受傷為什麼不回家休息?反正今天曉倩不會來，她去補習。」

Allen講完話，拿著籃球，準備回場上。

「我又不是因為吳曉倩才待在這裡的。」我必須要把話講明白，不希望再有任何誤會。

「是喔。」Allen將籃球丟回場上，給等待的隊員

「我喜歡打籃球，想要打五人的賽制，所以加入籃球隊。」我說，「吳曉倩自己也說了，她跟我是朋友，她跟妳也是朋友。」

「是喔，她都這樣劃清界線。」Allen苦笑著。

「劃清界限?當朋友怎麼會是劃清界限?」

「說了當朋友，就不能當戀人。」Allen在我身旁坐下，「一開始，覺得自己很奇怪，只喜歡女生，進女校後，跟她被傳成緋聞，反

而自在，就這樣以假亂真地在一起。」

「會不會她不是同……」

「她是。」Allen有點激動。

「妳真的喜歡她嗎？還是只是因為喜歡女生，才跟她在一起。」

我想起某天圖書館裡，吳曉倩說的那些話，「她說，第一個男女朋友就只是跟我們比較好的朋友，也可能是班上覺得比較登對的，只有從中抽離，才知道是不是真正的喜歡。」

「……」Allen嘴巴微開，卻沒講出任何話。

「她在思考是不是真正的喜歡妳的同時，妳是不是也該思考一下？」我說著，看一下手錶，「我得先走了，掰。」

我走在回家的路上，墊著腳尖快速通過活動中心的同時，忍不住豎起耳朵聽有沒有拍打籃球的聲音。

「何大宇，妳很慢耶，腳還沒好嗎？」何小宇坐在客廳，雙手環抱著一盒東西，似乎不打算讓我看見。

「就看籃球隊練球。」我往沙發一坐，「什麼東西？」

「妳太晚回來了，害我要吃完晚餐才能吃。」何小宇氣呼呼，仍不肯放手讓我看一眼。

「什麼東西？」我撥開何小宇的手。

「不可以這麼粗魯，等一下爛掉。」何小宇舉起右手，拍打了我的手。

「巧克力蛋糕，上面還有草莓耶。」我眼睛都亮了起來，「怎麼不早說，我就趕快回來吃。」

「妳很喜歡喔。」何小宇又賊笑了。

「當然。」

「承恩哥哥送的。」

「啥？」我一時反應不過來，「林承恩？為什麼？」

「因為妳喜歡呀！他說他學校旁開了一家蛋糕甜點店，剛好看到妳喜歡的草莓巧克力蛋糕，所以就買了兩個，一個給妳，一個給我。」何小宇明明就還沒吃，卻一臉甜滋滋，「他還說妳吃了，腳會快點好，就可以打籃球。我們又玩了一下寶可夢卡，他剛剛才回去。」

「喔。」

「何大宇妳好奇怪，剛剛還那麼開心，怎麼一下子又不開心？」

何小宇盯著我看，「妳不喜歡承恩哥哥嗎？他很喜歡妳耶。」

「我……，你怎麼知道他很喜歡我？」何小宇的話讓我很訝異。

「他很喜歡妳呀！妳不知道嗎？」何小宇那個表情就像我問他任

何一隻神奇寶貝的名字，不是理所當然都要知道嗎？妳怎麼還會問？

「我……」

我說不出話來，還好老媽叫我們洗手吃飯了。

飯後，我沒吃草莓巧克力蛋糕就回房間，問了小阿姨，林承恩喜歡誰。

「矮冬瓜喔。」小阿姨連想都沒想，就回答，「妳呀。」

「為什麼你們大家都這麼說？」我發現這一題考題大家都會，只有我答不出來。

「很明顯。」

「真的嗎？」我歪著頭想，有點懊惱，「可是他又沒說過。」

「這樣也好，緩衝的空間夠大。」小阿姨翻開桌上的育兒雜誌，跟之前那些彩妝雜誌相比也差太多了，「妳要知道，表態後有兩種情況，一是交往，一是不相來往，絕對沒有維持現狀。」

「嗯。」我應聲點頭，這點我還沒想過。

「交往的話，你們現在才多大，說不會吵架，不會分手，聽也知道，不可能。」小阿姨轉過頭來，對我說，「要交往也是可以，患得患失，偶而因為吵架傷心難過，妳要想想讀書求學都夠辛苦了，還要分心去傷心難過，折磨誰呀？」

「也是，看妳之前失戀分手的那種情況。」我再度點點頭。

「喂！」小阿姨小聲抗議，「萬一，走向不相來往的情境，就是少了一個朋友。」

「沒這麼慘吧！」我要是少了林承恩這個球友，簡直不敢想像。

「妳看看妳現在知道他喜歡妳，妳連活動中心的球場都不敢去，要是他跟妳表白了，妳還要不要出門？」小阿姨回過頭，繼續翻閱育兒雜誌。

「嗯。」我想小阿姨也是老江湖，連我有沒有去球場都一清二楚。

「喜歡就喜歡，沒什麼好煩人的，如果連喜歡都沒有，怎麼當什麼朋友？妳會為了這種問題糾結，已經有在想著要不要再進一步，像當男女朋友。」

「哪有呀！」

「單純朋友的喜歡，不會煩惱，不用刻意說出。」小阿姨說著，「一起聊天，一起打球，哪會想那麼多？」

「嗯。」我想起Allen說的劃清界線，是呀！一起聊天，一起打球，需要談什麼面對？誇大了這動作，不就是在彼此間畫界線嗎？

我突然覺得自己很可笑，沒談戀愛，卻像陷入戀愛般的苦惱。我躺在床上，拉起棉被蓋頭，哈哈大笑。

「發神經呀。」小阿姨抗議著，「小聲點，胎教很重要。」

「沒事，我要下樓去，吃我的草莓巧克力蛋糕。」

「矮冬瓜真可惡，不知道我也喜歡嗎？也不多買一個給我，孕婦也想吃甜點，有沒有良心？只買兩個。討好何小宇有什麼用？也要討好我小阿姨，搞不清楚狀況，……」

孕婦還沒當媽，又開始碎念了，我趕緊走下樓，打算把草莓巧克力蛋糕帶回房間，跟小阿姨一起分享。

第十七週

寒流剛過境，窩在棉被裡背英文單字都覺得手腳冰冷了，偏偏又輪到我倒垃圾。提垃圾袋出門前，喝著熱可可的何小宇，問我怎麼現在要去倒垃圾，平常不是都晚上再出去倒垃圾。我白了他一眼，趁著現在太陽還沒下山，一絲絲的陽光餘溫，讓我衝去完成這件事吧。不然要是到了晚上，溫度又降幾度，我寧願被老媽念到週一，也不願出門吹寒風。

我抓緊時間，希望一衝到預定的地點，垃圾車馬上來，我一丟，完成任務，接著衝回家躲被窩。

結果我拿著垃圾袋，在太陽底下站了兩三分鐘，等待垃圾車的同時本想抱怨幾句，但矖得全身暖呼呼，好像也不怎麼介意。

丟完垃圾，我哼著歌，故意避開家家戶戶的遮陽板，在陽光下，慢慢地走。接近活動中心時，聽到籃球拍打聲。

「這種天氣也打球，太熱血了吧！」我走近籃球場，一看是林承恩，「喂！發神經呀！寒流來還打球！」

我反射性地喊完話，想到我們之前的緋聞八卦，突然有點不好意思。

「妳也知道寒流來喔，我的外套怎麼不快還給我？」林承恩苦笑著。

「啊，對厚。」我想起來了上次他借我的外套，因為腳傷跟八卦，洗好就被擱在房間書櫃上，然後我就忘了還，「你等等，我馬上回去拿。」

「好，去穿球鞋來比一場，當做還利息。」

「好，你等著。」我大聲應答，但回答後又有幾分懊惱，不應該再多考慮一下嗎？我邊跑回家邊反問自己。

我再跑出家門時，除了拿了林承恩的外套，跑幾步後才察覺自己也穿上了球鞋，「啊！算了，只是打場球而已。」

「喂，妳好慢。」林承恩停止運球。

「哪裡慢？我都用跑的，你的外套，謝了。」

「放旁邊地上就好了。」林承恩指著籃球架旁。

「什麼放地上？喂，我有洗過。」我將林承恩的外套掛在籃球架上。

「這麼好，我幾百年沒洗了，早知道就早借妳，回家找找看還有沒有別件。」林承恩將籃球丟給我，「秀球。」

「不要太過分喔。」我接住籃球，站到罰球線。

比賽開始，林承恩先攻，我壓低身體防守他，不讓他進入禁區，想不到他在中距離就起跳投籃，我趕緊跟著跳，想賞給他一個大火鍋。下一秒，我還來不及出手，球從我頭頂飛過，直接進籃框，刷了一聲。可惡，我發現是林承恩又長高了。

「妳臉好臭，我也不過才進第一球。」林承恩突然收起笑臉，「還是妳的腳踝，還沒好嗎？」

「是你，你又長高了，這樣很不公平。」我將林承恩手裡的籃球，搶過來，「換我進攻。」

「唉呦，身高又不是重點，還有速度、技巧……」林承恩舉起手防守。

「是是是……」我馬上舉起籃球，裝作要投籃的樣子。

林承恩伸手過來要阻止我投籃，但我只是做個假動作，結果聽到啪一聲，林承恩的手用力地打我的手，籃球掉了。

「啊！對不起。」林承恩一臉抱歉，「我以為……」

「嗶嗶，打手犯規，罰球。」這個聲音怎麼會出現在這裡？我轉頭一看，是吳曉倩。

「學姊妳怎麼會來？」

「我來找妳呀，何大宇。」吳曉倩說著，兩隻手勾搭到我的肩上，「超想妳的，所以就來找妳了。」

「昨天學校不是才見過面。」我本來要撿地上的籃球，但被吳曉倩勒著，只好放棄。

「喂！喂！」林承恩出聲後，又咳了兩聲，「這位學姊，妳是哪位？」

「這位誰。」吳曉倩終於放過我了，她放下手，單獨伸出食指指著林承恩的鼻子，「你才哪位？天氣這麼冷，還找我家大宇出來打球，而且她的腳傷才剛好，還有你剛剛的打手是故意的嗎？惡意犯規！」

「學姊。」我拍了吳曉倩的肩膀，怎麼她一來就像被老媽還是小阿姨附身，「這位是，……」

「我是吳曉倩，何大宇的學姊，何大宇是我喜歡的男朋友。」吳曉倩抓著我的右手，緊貼著我。

「學姊，這……」我快暈了，吳曉倩在幹嘛啦，得趕緊先架走她。

「吳學姊是吧！」林承恩打斷我的話，「我林承恩，何大宇的鄰居，何大宇是我最親愛的青梅竹馬。」

皇民活

「林承恩，還不夠亂嗎？」我拉著吳曉倩離開球場，到活動中心旁，我的腦袋快爆炸了，全身血液都在沸騰，完全感受不到寒意，上天是派你們兩個來毀滅我的嗎？

「大宇，我話還沒說完。」吳曉倩抗議，「我還要跟他說，我多愛妳。」

「學姊，別玩了。」我壓低音調，「妳來找我，應該不是為了說這個吧！」

「怎麼不是？妳知道我是同性戀。」

「然後呢？」

「妳真的很難逗耶，應該要驚訝一點，或者一臉嫌棄樣。」吳曉倩笑著說，但眼裡有一絲苦澀。

「然後呢？」

「然後不要理我，不要跟我做朋友。」吳曉倩收起笑臉。

「然後呢？」我知道這些都不是吳曉倩找我的重點。

「然後……」吳曉倩伸手抱著我，在我耳邊說，「謝謝妳。妳跟Allen說了什麼嗎？」

「哪有什麼，就妳說過的，讓她自己去想，到底喜歡的是什麼，還是誰？」

「是嗎？」吳曉倩放開我，滿足的笑容，帶了一丁點的眼淚。

「妳剛跟Allen去約會嗎？」我看吳曉倩微微點頭，「那天氣冷，早點回去休息，還跑來亂。」

「想要抱抱妳，跟妳說聲謝謝。」

「我跟妳說，妳趕快回去，這裡的三姑六婆很盡責，妳這樣一搞，明天我就是地方新聞頭版了。」我真不敢相信，居然說出這樣的話調侃自己，也難怪，經歷之前那些，不知道是免疫了，還是麻痺了？

「嗯，星期一學校見。」

不知道為什麼吳曉倩走前，又用力抱了我一下，然後我聽見籃球場上，拍球聲非常急促而且極大聲。

「喂！」我走回籃球場大喊，「你還真的在打球，這麼大力。」

「嗯。」林承恩收起球，「那個……妳……妳女朋友呢？」

「你發神經。」我大笑，林承恩這個單細胞生物。

「要不然呢？她是這麼說的呀！」

「她這麼說你就相信，倒是你說我是你的什麼？」我想到剛剛林承恩面對吳曉倩時的回應還滿快的。

「鄰居，青梅竹馬，不對嗎？」林承恩不等我回覆，又接著說，

「意思是指幼時的玩伴。」

「然後呢？」

「現在還沒有然後。」林承恩說完，又開始運球，「還是妳希望有什麼然後？」

「我……」我怎麼覺得自己挖坑給自己跳，一定要反將林承恩一軍，「陳梓玲喜歡誰？」

「好像是我。」

「什麼好像，就是你。」我很禮貌地微笑，「那你回答什麼？」

「我……」林承恩皺著眉頭想。

「你回答你喜歡誰？青梅竹馬，你是故意的，根本就想害死我。」我要咬牙切齒瞪著林承恩，這傢伙看他的反應，陳梓玲問她時，根本拿我當擋箭牌，害我還無端陷入情感糾葛的煩惱。

「我喜歡妳，不喜歡怎麼一起打球，一起聊天？難道妳不喜歡我嗎？」

「你……你何小宇的邏輯呀！」我想這兩個人是什麼異姓兄弟嗎？竟然比我這個親姊弟還相像，不過我們怎麼這麼輕鬆地把這個話題聊完，真神奇。

「妳笑什麼？」

「我沒有笑。」我攔截走林承恩的球，換我運球。

「還有妳剛剛說，我哪裡害死妳了？」

「沒什麼。」我說著，打算帶球上籃，「比賽繼續喔。」

「喂！」林承恩突然大喊，「何大宇，如果有一天我變得很喜歡很喜歡妳，跟妳告白，妳不可以拒絕我喔。」

我伸手將籃球推進籃框，刷了一聲，籃球又落回地上。我們之間只剩下籃球獨自撞擊地上的聲音，最後連那個聲音也消失了，籃球停在地上。

「那如果有一天，我也變得很喜歡很喜歡你，比你先告白，你最好也不要拒絕我。」我轉身跟林承恩說。

「幹嘛殺氣這麼重？很嚇人耶。」林承恩愣了幾秒才開口，「換我的球了，我要進攻了。」

然後呢？林承恩說現在還沒然後，不是這樣的，我們一直在創造然後，尤其在這一條青春情路上，或許就像小阿姨說的，我們把緩衝空間放大，就不需急著收網，不是想搞曖昧，而是目前我們還是國中生，確定了朋友性質的喜歡，相對於愛情的程度還差一大截，就僅僅如此而已。

後記

下學期休業式後的週休，家裡只剩我跟何小宇大眼瞪小眼了兩天，難得完全沒有拌嘴，吃飯時間，一餐他決定吃哪，一餐我決定吃什麼。其實吃什麼都差不多味道，我們都掛心著即將臨盆的小阿姨。

昨天清晨，老媽就接到外婆電話，說什麼小阿姨開始陣痛了。老媽掛了電話，跟睡夢中還沒清醒的老爸交代幾句，拿了車鑰匙就出門了。接著七點多，老爸叫醒了我，交代「跟弟弟自己去吃飯」，就這麼一句，他就出門加班了。

那幾分鐘裡，半夢半醒的我一直在想為什麼要「跟弟弟去吃飯」，等腦袋開機完畢後，我才想到，老媽呢？我趕緊打了電話給老媽，才知道小阿姨的狀況。電話裡還聽到小阿姨唉叫痛的聲音，超淒厲的，讓我瞬間完全清醒。

「所以小阿姨很痛嗎？」何小宇聽完我對現況掌握及分析，有點嚇傻了。

「應該吧！」

「醫院不是有麻醉藥嗎？怎麼沒幫小阿姨打一針麻醉藥？小阿姨還要痛多久？」

「我也不知道。」我試著回想何小宇出生的情況，影像片段都很模糊，只記得老媽進了產房，外婆來接我，後來我們去看小寶寶，何小宇跟其他小孩躺在一格格的小床。

後來昨天晚上十點多，老媽拖著疲憊的身體回來了，而小阿姨還在醫院陣痛，小寶寶堅持著不肯從小阿姨的肚子退房。今天一早，老媽又趕去醫院，而老爸連交代都沒有就去加班了。

「小阿姨生了嗎？」何小宇一醒來，蹦跳地下樓。

「還沒。」我說著，咬了一口吐司，才發現連抹醬都忘了。

何小宇坐到餐桌旁，也拿著一塊白吐司就直接吃。

我跟何小宇的早餐到底吃了多久，我們兩個都不清楚，直到林承恩來敲門，找我去打球。

「何小宇，一起去打球吧！」我說。

「喔。」何小宇回應著，眼睛都亮了起來。

開球不到五分鐘，林承恩就哀嚎了，因為他一打二，而且何小宇完全沒有規則，他可以帶球走步，二次運球，林承恩也不抄截他的運球，更沒意願蓋他火鍋。

「喂！何大宇先說好，這場不算喔。」林承恩向我扮了一個鬼臉。

「哪裡不算？四比二了。」我把球傳給何小宇。

再過了幾分鐘後，我跟何小宇的注意力都無法再集中，我想我們又開始想著小阿姨怎麼了。

「喂！喂！兩個是要我嗎？剛剛那麼拚命，現在何小宇你還傳球給我？有沒有搞錯？」林承恩莫名地接到敵隊的籃球，而我跟何小宇卻一臉不在意。

「唉呦，小阿姨不知道生了沒？」何小宇說，「我不要打了，我要回去打電話問媽媽。」

何小宇說完，拔腿跑回家。

「妳家小阿姨懷孕了？妳怎麼都沒說？」林承恩點點頭，「原來如此，我還以為她怎麼過了一個冬天就變胖了。」

「我沒說？」我也不記得，上學期開學那陣子很混亂，期末我腳傷恢復，之前的尷尬也講開了，寒假又一起打球，過完農曆年，接著下學期開學，課業加重，社團不時舉辦友誼賽，……。這樣想想，好像也沒特別提到小阿姨懷孕的事，加上小阿姨沒辦婚禮，所以林承恩自然都不知道，「我好像真的都沒說。」

「剛剛何小宇說不知道生了沒，是快生了嗎？」

「嗯嗯，在醫院……」我正想再說些什麼，何小宇衝過來，上氣不接下氣，「怎麼了嗎？」

「生……了。」何小宇喘吁吁，好不容易吐出兩個字。

「真的嗎？好想去看小寶寶。」我說，不過想想爸爸媽媽都不在家，沒人帶我們去，霎時有點失望。

我們三個慢慢走回家。

「何大宇。」何小宇氣稍順暢，連忙說，「我當哥哥了，我有一個小寶寶可以管了，哈哈哈。」

「之後你就會覺得小寶寶很煩，尿布臭臭，不時哭鬧，搶你的東西，還會在你旁邊跌倒，讓你被罵。」

「何大宇在說我小時候嗎？哈哈哈。」

何小宇不停地大笑，我在想，他出生的時候，我是不是也這麼開心。應該吧！因為小阿姨說過，小時候的我覺得自己一個人玩很無聊，要媽媽給我一個弟弟，一定要是個弟弟，因為這樣才可以一起打球。是呀！可以一起打球，我忍不住摸著何小宇的頭，小麻煩長這麼大，可以一起打球了。

「喂！」林承恩突然大叫一聲，「我們可以去醫院探望小阿姨呀。」

「好呀。」何小宇連想都沒想就答應了，「何大宇妳跟小阿姨去過，妳應該知道路吧？」

「好啦！不去會被你吵死。」我嘴上碎念著，心裡卻認同這個提議。

「明明就是妳先說想去，我是陪妳去的。」何小宇不服氣。

是是是，我騎腳踏車載著何小宇，心裡嘀咕著，我想去，你也想去，那為什麼林承恩也要跟去？

我們到了婦產科醫院，直接前往病房找小阿姨。

「小阿……。」何小宇正要大叫。

「噓，小聲點，你們小阿姨在休息。」老媽馬上開口制止何小宇，「你們怎麼都來了？」

「我們想看小寶寶。」何小宇用氣音回答。

「那得去嬰兒房，現在剛好是開放時間，外公外婆在那裡。」老媽說。

我們三個躡手躡腳地走，在小阿姨的病房裡盡量不發出聲音。離開病房後，何小宇先鬆了一口氣，然後說他要看小寶寶了，好緊張。

嬰兒房有一面玻璃牆，可以看到裡面排排躺著的嬰兒。

「大宇有沒有看到？就是那一個。」外婆在我身後說。

「嗯。」我點點頭，那時何小宇也這麼一丁點大，我努力墊著腳尖，只為了看他一眼，後來外公抱起了我，讓我看得更仔細，我笑著說他大眼睛，小嘟嘴，整個頭好大，一下子笑臉，一下子揮拳頭，他好可愛。一直看到探視的時間到了，護士阿姨要拉上窗簾時，我哭了，我說我的弟弟怎麼還不給我。後來，外公外婆哄了我好久。

「妳又偷笑什麼？」林承恩挨到我身邊問。

「笑自己其實也是個大麻煩。」我看著小寶寶，又看看一旁的何小宇，想著自己，忍不住低下頭靠近玻璃，小聲地跟小寶寶說，「感謝你的到來。」

何小宇說要坐外公的金龜車才要回家，我只好跟林承恩先騎腳踏車回家。

「喂！」在經過活動中心前，我停下腳踏車，「謝謝你。」

「謝我什麼？」林承恩很困惑地看著我。

「就謝謝你。」謝謝我生命中的每一個人，因為你們，我成長，或許不見得每件事都是美好的，但旅程卻因此更豐富多姿。也因為你們，就算在逆境，我依然相信自己是可以的。

「那妳現在有很喜歡很喜歡我的感覺嗎？」林承恩像是隨口問，卻又有那麼一點故意。

「還是只有一個很喜歡而已喔。」我笑著說。

我想，人生的每個階段，喜歡你或是妳的當下，都是學習愛的過程，我很喜歡自己現在的樣子。

九 歌 少 兒 書 房 2 7 3

短褲女孩的青春週記

國家圖書館出版品預行編目（CIP）資料

短褲女孩的青春週記 / 邱靖巧著 ; 李月玲圖 . -- 初版 . --
臺北市 : 九歌 , 2019.09
面； 公分 . -- (九歌少兒書房 ; 273)
ISBN 978-986-450-257-8(平裝)
863.59 108012835

作 者——邱靖巧
繪 者——李月玲
責任編輯——鍾欣純
創 辦 人——蔡文甫
發 行 人——蔡澤玉
出 版——九歌出版社有限公司
台北市 105 八德路 3 段 12 巷 57 弄 40 號
電話／02-25776564・傳真／02-25789205
郵政劃撥／0112295-1

九歌文學網 www.chiuko.com.tw

印 刷——晨捷印製印刷股份有限公司
法律顧問——龍躍天律師 ・ 蕭雄淋律師 ・ 董安丹律師
初 版——2019 年 9 月
定 價——260 元
書 號——0170268
I S B N——978-986-450-257-8

（缺頁、破損或裝訂錯誤，請寄回本公司更換）